Wie man 13 wird und zum Superhelden mutiert

Bibliografische Information der Deutschen Nationalbibliothek
Die Deutsche Nationalbibliothek verzeichnet diese Publikation
in der Deutschen Nationalbibliografie;
detaillierte bibliografische Daten sind im Internet über
http://dnb.d-nb.de abrufbar.

FSC www.fsc.org
MIX
Papier aus verantwortungsvollen Quellen
FSC® C014496

Titel der Originalausgabe: *The Vampire bewitched*
Die Originalausgabe ist 2014 im Verlag Random House Children's Books
(Corgi Yearling), London, erschienen.

Die deutsche Erstausgabe erschien 2015 unter dem Titel *Wie man voll krasse Superkräfte kriegt.*

Text: Pete Johnson
Übersetzung: Christine Spindler
Covergestaltung: Grafisches Atelier arsEdition unter Verwendung von
Illustrationen von Thorsten Saleina und Bildmaterial von
GabrielJose/shutterstock.com
Innenvignetten: Thorsten Saleina und Bildmaterial von
GabrielJose/shutterstock.com

ISBN 978-3-8458-3842-7

www.arsedition.de

PETE JOHNSON

Wie man 13 wird und zum Superhelden mutiert

Aus dem Englischen von
Christine Spindler

arsEdition

Dieses Buch widme ich meinem Neffen Adam,
der findet, er würde einen coolen Halbvampir abgeben.

Das finde ich auch.

PROLOG

Jemand wird bald verschwinden.

Ich.

Wenn du das hier liest, bin ich bereits weg. Du siehst vielleicht meinen Körper herumgehen und denkst womöglich, das wäre ich, aber das werde nicht ich sein. Das Ich, das diese Worte an dich schreibt, wird nach dem heutigen Abend schlichtweg nicht mehr existieren.

Ich stehe unter einem langsam wirkenden, aber tödlichen Zauber. Und ich kann nichts tun, um ihn aufzuhalten. Ich sitze absolut in der Falle.

Den ganzen Abend haben alle erwartet, dass ich hysterisch werden und in Tränen ausbrechen würde. Aber Flennen ist nicht mein Ding. Nicht einmal jetzt. Das hat nichts damit zu tun, dass ich besonders tapfer wäre. Meine Tränen sind eingefroren. Ich bin vor Schock und Entsetzen immer noch betäubt. Nur das beschützt mich vor dem Grauen, das mich einzuhüllen droht.

Während ich das hier schreibe, ist es draußen stockfinster – weit nach Mitternacht. Ich befinde mich in einem Schlafzimmer, in dem ich noch nie geschlafen habe, und ich darf nicht zu laut sein, sonst wecke ich die Person, die im anderen Bett schläft.

Ich schätze, ich könnte nach unten gehen. Aber dort würden

alle nur so tun, als wären sie fröhlich, oder mich voller Mitleid ansehen.

Und doch ist an Schlaf nicht zu denken. Außerdem muss ich irgendetwas tun. Also habe ich beschlossen, dir meine unglaubliche Geschichte zu erzählen. So wird wenigstens ein kleiner Teil von mir weiterleben.

Aber vorher möchte ich dich noch dringend warnen. Es war bisher völlig okay, den Kopf in den Sand zu stecken und so zu tun, als gäbe es keine Vampire. Denn bis vor Kurzem haben sich die Vampire von den Menschen ferngehalten. Weißt du, in Wirklichkeit mögen sie überhaupt kein Menschenblut. Es ist ihnen viel zu sauer. Sie ernähren sich stattdessen von Tierblut.

Aber jetzt – und hör mir bitte genau zu, denn was ich dir zu sagen habe, ist enorm wichtig – gibt es eine neue Gruppe von Vampiren, die sogenannten tödlichen Vampire. Sie haben herausgefunden, dass Menschenblut ihnen unglaubliche neue Kräfte verleihen kann, auch wenn es widerlich schmeckt. Sie müssen dafür nur genug davon trinken. Die Menschen werden dabei natürlich all ihrer Kraft und Energie beraubt.

Sie sind die gefährlichsten Vampire der ganzen Welt und sie wollen kein Schattendasein mehr fristen. Sie wollen, dass es für Vampire wieder wird wie in ihren alten glorreichen Zeiten.

Die erste Demonstration ihrer ungeheuren neuen Kräfte fand vor wenigen Monaten hier in Great Walden statt, dem Ort, in dem ich lebe.

Wer bin ich also? Ich hätte es dir schon früher verraten sollen. Tut mir leid, aber ich bin heute Abend entsetzlich durcheinander. Ich heiße Tallulah. Ich bin dreizehn Jahre alt und so was wie ein Freak. Da kannst du jeden fragen. Und das stört mich nicht. Wer will denn schon normal und gewöhnlich sein? Ich jedenfalls nicht. Übrigens bin ich außerdem ein absoluter Einzelgänger. Den größten Teil meines Lebens hatte ich keinen einzigen Freund.

Ich habe keine Freunde gebraucht. Stattdessen habe ich in einer Fantasiewelt gelebt aus Büchern, Comics und Filmen, in denen es immer um eines ging: die wildesten und abartigsten Außenseiter von allen – *Vampire.* Bevor ich wusste, dass es sie wirklich gibt, war ich total von ihnen besessen. Ich stand einer Sache, die die meisten Menschen nicht einmal in Erwägung ziehen, ganz offen gegenüber: dass es außer der bekannten, total uncoolen Welt um uns herum noch eine andere Welt geben könnte. Was für eine Ironie, wenn ich jetzt darüber nachdenke.

Ich hatte immer das sonderbare Gefühl, dass es noch eine andere Wirklichkeit gibt und dass Vampire darin eine gewaltige Rolle spielen. Aber selbst ich hätte nie erwartet, dass unser langweiliger Ort zu einem Kriegsschauplatz werden könnte.

Auf der einen Seite hatten die tödlichen Vampire Stellung bezogen.

Auf der anderen gab es nur drei Personen – mich, einen Vampir-Experten namens Cyril und Markus.

Markus ist das komplette Gegenteil von mir. Es ist nicht leicht, mich zu mögen. Es ist quasi völlig unmöglich, ihn nicht zu mögen. Er ist der Typ frecher Schuljunge, der einen von der letzten Reihe im Klassenzimmer aus zum Lachen bringt und selbst die langweiligste Schulstunde auflockern kann.

Markus wird mich für das hassen, was ich jetzt schreibe. Aber einmal, spät nachts, habe ich gehört, wie er und Cyril sich heftig gestritten haben (was an sich schon seltsam ist, da Markus so gut wie nie wütend wird). Cyril sagte, dass er Markus für einen Halbvampir hält oder dass er zumindest Verwandte hätte, die Halbvampire seien. Markus wurde richtig sauer und sagte, er wüsste nicht mal, was Halbvampire wären. (Falls du es auch nicht weißt, sie sind absolut friedlich und freundlich und leben unter den Menschen, ohne je ihre geheime Identität zu offenbaren. Sie trinken niemals Menschenblut und sie sind die Feinde der echten, bösen Vampire. Sie können sich in Fledermäuse verwandeln und einige von ihnen haben noch andere besondere Fähigkeiten.)

Als ich Markus später darauf ansprach, flippte er schon wieder aus und leugnete es erneut.

Aber manchmal frage ich mich ...

Jedenfalls, als wir einmal gegen die tödlichen Vampire gekämpft haben, sind Markus und ich in große Gefahr geraten, aber es war eine Art magische Gefahr, die uns miteinander verbunden hat. Wir haben sie am Ende besiegt und die Welt gerettet (nicht, dass sie es je erfahren hätte) und ich hatte zum ersten Mal einen Freund.

Das war ohne Frage die beste Zeit meines Lebens. Besonders als Markus mich fragte, ob ich mit ihm gehen will. Ich hätte nie gedacht, dass ein Junge mich das einmal fragen würde. Und dass ich jemals den Wunsch haben würde, mit einem Jungen zu gehen. Aber ich wollte es, auch wenn ich Markus zuerst mit Nein geantwortet habe. Seine Frage kam einfach so überraschend – und dann auch noch ausgerechnet in der Geisterbahn. Ich dachte, ich hätte noch reichlich Zeit, es mir anders zu überlegen.

Nur hatte ich die nicht.

Die Familie von Markus musste für ein paar Monate nach Paris ziehen und er musste natürlich mit.

Und als ob das nicht schon schlimm genug gewesen wäre, wurde ich auch noch ernsthaft krank. Kein Arzt konnte mir sagen, was mir fehlte, und ich wurde auch nicht von allein wieder gesund. Schließlich musste ich in ein spezielles Krankenhaus, ein Sanatorium, und wurde wochenlang wie ein Versuchskaninchen behandelt *(»Nur noch ein Test, Tallulah.«)*. Das war unglaublich ätzend.

Besonders, weil ich mich die ganze Zeit fragte, was die tödlichen Vampire als Nächstes planten. Wir hatten schließlich nur die erste Runde gewonnen.

Endlich sagte man mir im Sanatorium, dass sie alle erdenklichen Tests an mir durchgeführt hatten und dass ich wieder gehen könnte. Sie entließen mich sogar drei Tage früher als geplant – am Ostersamstag.

Inzwischen hatte ich auch von Markus gehört. Er war gerade wieder aus Paris zurück. Das waren tolle Neuigkeiten, da ich ihn endlich wiedersehen wollte.

Und da fängt meine Geschichte so richtig an ...

TEIL EINS
TALLULAH

1. KAPITEL

EINE GRAUENVOLLE ÜBERRASCHUNG

Als ich aus dem Sanatorium heimkam, verhielt sich meine Familie sehr sonderbar. Sie freuten sich doch tatsächlich, mich zu sehen. Ich schaute immer wieder hinter mich, um zu checken, ob noch jemand anderes mit mir zusammen hereinspaziert war.

Weißt du, ich bin das schwarze Schaf der Familie – aber das hast du sicher schon erraten. Das ist auch nicht besonders schwer, wenn man einen großen Bruder wie Martin hat, den jeder – er selbst eingeschlossen – für ein Genie hält. Und dann auch noch eine jüngere Schwester wie Glynis, die schon Preise im Tanzen, Schwimmen, Bodenturnen und sogar im Gärtnern gewonnen hat. Wenn es Preise dafür gäbe, anbetungswürdig zu sein, würde sie samt und sonders absahnen. Sie kann alle hinters Licht führen, außer mich.

Wer könnte schon mit den beiden mithalten?

Also versuche ich es erst gar nicht.

Aber an diesem Abend musste ich ein Familienessen zur Feier meiner Heimkehr über mich ergehen lassen. Dad bombardierte mich mit Fragen (natürlich ohne überhaupt auf meine Antworten zu achten), Mum trällerte alle fünf Sekunden:

»Amüsieren wir uns nicht prächtig!«, und ich saß zwei geschlagene Stunden lang zwischen Glynis und Martin eingeklemmt wie eine Gefangene. Das ist Lebenszeit, die ich nie wiederbekomme.

Aber endlich, endlich konnte ich vom Tisch aufspringen und sagen: »Ich gehe mal ein bisschen raus.«

»Wo um alles in der Welt willst du hin?«, fragte Mum sofort.

»Nur die Straße runter, um Markus zu besuchen«, sagte ich so locker wie möglich.

»Sie wird ja ganz rot«, gurrte Glynis in ihrer reizenden Art.

»Musst du denn heute Abend wirklich noch da hin?«, regte sich Mum auf. »Du weißt doch, wie krank du gewesen bist.«

»Ja, Mum, das kannst du gar nicht oft genug erwähnen. Das heitert mich ungemein auf.«

»Zieh dich auf jeden Fall warm an«, fuhr Mum fort.

»Ich habe doch keine Antarktis-Expedition vor«, murmelte ich.

Dann ließ mich Dad wissen, dass ich in exakt vierzig Minuten wieder daheim zu sein hatte. Das war so gut wie nichts. Aber es würde trotzdem toll werden, da ich Markus keine Nachricht geschrieben hatte, um ihm zu sagen, dass ich schon entlassen worden war. Das würde eine Hammerüberraschung werden, wenn ich drei Tage, bevor er mich zurückerwartete, vor seiner Tür stand.

Nachdem ich bei Markus geklingelt hatte, fing mein Herz wie verrückt zu wummern an, so als wäre ich nicht in fünf Minuten herspaziert, sondern zwanzig Meilen weit gerannt. Zuerst war im Haus alles still. Dann hörte ich schlurfende Schritte.

Ein leichtes Zittern lief meine Wirbelsäule hoch, keine Ahnung wieso.

Wenige Sekunden später wurde die Tür geöffnet und da stand Markus mit seinem üblichen albernen Grinsen. Aber er stützte sich auf einen Krückstock. Das war ein Schock. Doch ich war so froh, ihn wiederzusehen, dass es mir egal gewesen wäre, wenn er sich auf zehn Krücken gestützt hätte.

Dann umarmte ich Markus ganz fest oder wollte es zumindest tun, doch schon im ersten Moment fiel mir auf, dass die Umarmung ziemlich einseitig ausfiel. Markus tätschelte mir nur zaghaft den Rücken, als wäre ich ein streunender Hund, der ihm zugelaufen war. Außerdem glotzte er mich völlig fassungslos an.

Ich trat einen Schritt zurück. »Ich wollte dich überraschen, und das scheint mir ja gelungen zu sein.«

Markus erwiderte: »Das war eine nette Umarmung. Vielen Dank dafür. Wer bist du überhaupt?«

2. KAPITEL

GEDÄCHTNISVERLUST

Witze zu reißen ist für Markus so normal wir für uns andere das Atmen. Er kann es einfach nicht lassen. Aber so zu tun, als ob er mich nicht mehr kennen würde? Das war nicht im Geringsten komisch, vor allem, weil ich mich so sehr auf das Wiedersehen gefreut hatte. Jetzt hatte er alles verdorben.

Und dann kam mir plötzlich ein entsetzlicher Gedanke. Ein Sanatoriumsaufenthalt macht einen nicht unbedingt schöner. Darum hatte ich es in letzter Zeit vermieden, in den Spiegel zu schauen. Aber ich wusste, dass ich viel dünner geworden war und dass meine Haut kreidebleich und picklig war. Wollte Markus mir damit sagen, dass ich ihm nicht mehr gefiel?

»Habe ich mich so sehr verändert?«, fragte ich.

»Nein«, fing er an. »Das heißt, ich kann gar nicht beurteilen, ob du dich verändert hast oder nicht. Die Sache ist die, dass ich in der Zeit zurückversetzt wurde.«

»Was!?«

»Ja, ich wurde mehr als sechs Monate zurückgeschleudert zum 29. September, einen Tag vor meinem dreizehnten Geburtstag.«

Diese ganze Unterhaltung wurde immer seltsamer.

»Markus, wovon in aller Welt sprichst du?«

Er räusperte sich, als wollte er eine kleine Rede halten. »Siehst du diesen Krückstock? Nun, das soll kein schickes Accessoire sein. Kurz nach meiner Rückkehr aus Paris hatte ich einen Unfall mit dem Fahrrad, bei dem ich über die Lenkstange flog. Kann ich nicht weiterempfehlen.«

»Klingt schmerzhaft«, sagte ich.

»Und ob. Der Fahrer sagte, ihm wäre etwas gegen die Windschutzscheibe geflogen – ein riesiger Vogel oder eine Fledermaus –, und darum hätte er mich übersehen.«

»Eine Fledermaus«, echote ich. Das gefiel mir überhaupt nicht.

»Zumindest hat er das behauptet. Jedenfalls habe ich mir den Kopf so stark angeschlagen, dass alles herausgepurzelt ist, was seit meinem dreizehnten Geburtstag passiert ist. Ich kann mich weder an den Geburtstag selbst noch an Weihnachten erinnern oder an irgendetwas aus diesem Schulhalbjahr oder was seit dem Ende des vorigen Halbjahrs nach dem 29. September passiert ist. Mum besteht darauf, dass ich einen Krückstock verwende, falls mir *noch* etwas zustößt. Dabei kann ich prima laufen.«

»Willst du damit sagen, dass du deine Erinnerung verloren hast? Zumindest die an die letzten sechs Monate?«

»Genau. Und falls du diese Monate irgendwo herumliegen siehst, hätte ich sie gerne zurück.« Er grinste leicht verlegen. »Dr. Jasper – der Arzt, der mich behandelt –, hat gesagt, dass Gedächtnisausfälle nicht so ungewöhnlich sind, wie man meint. Richtig nervig daran ist, dass niemand mir verraten soll, was ich in den vergessenen Monaten erlebt habe. Es ist anscheinend besser, wenn man dem Gedächtnis Zeit lässt, sich selbst zu reparieren. Bald werde ich mich wieder an alles erinnern.«

»Wie bald?«

»Dr. Jasper hat gemeint, es müsse jeden Tag so weit sein. Ich kann mir vorstellen, dass das für dich alles ein ziemlicher Schock ist.«

»Und ob«, stimmte ich zu. »Aber für dich ist es noch viel schlimmer.«

»Ach, das geht vorüber, ehrlich«, sagte er bestimmt. »Komm doch einfach rein ... äh, tut mir leid, wie heißt du überhaupt?«

Es fühlte sich seltsam an, Markus – *Markus* – meinen Namen zu sagen. Ich versuchte, witzig damit umzugehen, und sagte im »Ich Tarzan – du Jane«-Tonfall: »Ich Tallulah.«

»Cooler Name. Wie wäre es, Tallulah, wenn ich ein Döschen Tic-Tacs aufmache und wir ein bisschen quatschen. Wer weiß, vielleicht fange ich dann an, mich an etwas davon zu erinnern.«

Ich setzte mich zu Markus in die Küche, während er Kaffee machte. Er sagte: »Wenn es dich irgendwie tröstet, gestern kam noch ein Mädchen vorbei, das ich noch nie zuvor gesehen hatte. Dabei kenne ich sie. Ich kenne sie anscheinend sogar sehr gut.«

»War das Gracie?«

»Ja, kennst du sie?«

»Ein bisschen, ja.«

Gracie ging nicht auf unsere Schule. Ihre Eltern waren mit Markus' Eltern befreundet, und darum kannten sie und Markus sich.

»Sie hatte mir sogar ein kleines Geschenk gekauft, als ich aus Paris zurückkam. Ein niedliches Hündchen. Natürlich kein Lebendes, sondern eine Porzellanfigur. Nachts leuchten seine Augen sogar.«

Gracie kaufte ihm also Geschenke. Ich spürte stechende Eifersucht.

Dann sagte ich: »Wir kannten uns eigentlich schon vor deiner Gedächtnislücke am 29. September. Ich war neu an deiner Schule und erst seit ein paar Wochen da.«

Markus wirbelte herum. »Aber ja!«

»Du erinnerst dich also doch an mich«, sagte ich erwartungsvoll.

»Ich erinnere mich, wie du an unsere Schule kamst. Ich habe dich nur nicht mit diesem Mädchen in Verbindung gebracht, weil du mich heute angelächelt hast und total normal und nett gewirkt hast, während du in der Schule ...« Er zögerte.

»Ich war verrückt und grässlich.«

»Nein, aber du hast mir Angst eingejagt.«

»Unsinn.«

»Doch, wirklich. Du hast dich mit jedem gestritten, stimmt's?«

Ich grinste matt.

»Sogar einige Lehrer hatten Angst vor dir.«

»Jetzt übertreibst du aber.«

»Tu ich nicht, und darum habe ich nie mit dir geredet. Ich dachte: *Sie wird mich bei lebendigem Leib aufessen.* Sind wir jetzt wirklich gute Freunde?«

»Nun sei nicht so erstaunt.«

»Bin ich doch gar nicht.«

»Und ob du das bist«, sagte ich.

»Also gut, ja.« Er lachte peinlich berührt. »Aber auf total nette Art. Wir hängen also viel zusammen herum?« Er klang immer noch, als könnte er es nicht fassen.

»Allerdings, vor allem an den Abenden.«

Seine Augenbrauen schossen nach oben. »An den Abenden? Ich habe eine Menge aufzuholen.«

»Das kann man wohl sagen«, stimmte ich ihm zu. Beispielsweise, wie wir gemeinsam Vampire bekämpft hatten, dachte ich. Erst dadurch waren wir Freunde geworden, richtig feste Freunde.

Aber wenn Markus sich nicht mehr daran erinnerte, was sah er dann noch in mir? Nur ein wortkarges, Furcht einflößendes, unbekanntes Mädchen. Ich hasste es so, auf diese Rolle reduziert zu werden.

Dann kamen seine Eltern zurück. Sie waren offensichtlich einkaufen gewesen. Aber als sie uns reden hörten, ließen sie alle Tüten fallen und stürmten regelrecht in die Küche. Die Eltern von Markus sind nie meine größten Fans gewesen, aber heute schien meine Anwesenheit sie geradezu in Panik zu versetzen.

Markus' Mum stammelte: »Oh, T-Tallulah, wir dachten, du wärst noch weg.«

»Stimmt«, meinte Markus grinsend. »Das ist nur ein Hologramm. Ziemlich lebensecht, findet ihr nicht?«

»Ich bin drei Tage früher als geplant zurückgekommen«, sagte ich.

»Und sie konnte es nicht erwarten, mich wiederzusehen«, sagte Markus. »Doch leider musste ich ihr mitteilen, dass ich gerade meine Woche ohne Personengedächtnis habe. Übrigens, wieso habt ihr Tallulah mir gegenüber nie erwähnt? Ihr hättet mir doch von ihr erzählen können.«

»Nun, wir wussten, dass sie im Krankenhaus war«, begann sein Dad.

»Genau genommen in einem Sanatorium«, berichtigte ich ihn.

Markus fuhr herum. »Ich dachte, du wärst im Urlaub gewesen. Warum in aller Welt warst du in einem Sana-Dingsda?« Er klang ernstlich besorgt.

»Das ist jetzt nicht so wichtig«, sagte ich.

»Wir haben Tallulah auch deswegen nicht erwähnt«, sagte Markus' Mum, »weil Dr. Jasper uns angewiesen hat, deinem Gedächtnis nicht auf die Sprünge zu helfen.« Sie redete immer noch mit Markus, stierte mich dabei aber unverwandt an. »Egal, wie groß die Versuchung wäre. Das könnte dir sogar schweren Schaden zufügen.«

»Also bleibe ich jetzt für immer zwölf Jahre und dreihundertvierundsechzig Tage alt«, sagte Markus. »Hey, da kommt mir ein entsetzlicher Gedanke. Muss ich jetzt etwa alles noch mal lernen, was wir seit September in der Schule durchgenommen haben?«

»Denk dran, es sind noch fast zwei Wochen lang Osterferien«, sagte sein Dad. »Bis die Schule wieder losgeht, wirst du dich längst wieder an alles erinnern.«

»Ganz bestimmt. Das ist nur ein vorübergehendes Problemchen«, pflichtete seine Mum bei.

Dann rief *meine* Mum an und sagte, ich hätte nur vierzig Minuten wegbleiben sollen. Sie machte sich Sorgen, dass ich todmüde sein müsste. Darauf sprangen Markus' Eltern sofort an und eskortierten mich gewissermaßen zur Tür.

Markus verabschiedete sich von mir. »Tut mir leid, dass ich heute so entsetzlich vergesslich bin. Sobald ich mich wieder zu erinnern beginne, rufe ich dich auf der Stelle an.« Das klang warm und freundlich, aber dann warf er mir einen verwirrten Blick aus seinen hellblauen Augen zu. Er konnte sich einfach nicht erklären, wie ich in sein Leben passte.

Das musste ein ziemlicher Schock für ihn sein. Das wäre es für jeden.

Draußen prasselte der Regen und Markus' Mum lief mir mit einem Schirm hinterher. »Wir können nicht zulassen, dass du ganz durchweicht wirst«, sagte sie, »wo du doch gerade erst aus dem Sanatorium entlassen worden bist.«

»Oh, danke.«

»Du musst auf dich aufpassen, Liebes. Du warst so entsetzlich krank.« Markus' Mum senkte die Stimme. »Wir erzählen sonst niemandem, dass Markus vorübergehend das Gedächtnis verloren hat. Das wird sicher alles schon sehr bald wieder in Ordnung sein.«

»Wann genau?«, fragte ich.

»Es ist wirklich das Beste, wenn man nicht versucht, es zu beschleunigen, Liebes.« Sie sah mich jetzt direkt an. »Er braucht einfach viel Ruhe, Frieden und Stille. Behalte den Schirm, solange du willst. Es hat keine Eile«, fügte sie hinzu, was sich für mich so anhörte wie: »Komm nicht allzu bald wieder.«

Daheim empfingen mich Mum und Dad an der Tür.

»Tut mir leid, dass wir euer Wiedersehen stören mussten«, sagte Dad mit der falschen Herzlichkeit, die er immer dann benutzt, wenn er mich gerade nicht schimpft oder über mich seufzen muss, »aber du stehst unter Hausarrest, junge Dame.«

»Und der Arzt hat ausdrücklich gesagt, dass du dich auf keinen Fall überanstrengen darfst«, steuerte Mum bei.

»Ist schon in Ordnung«, sagte ich. »Ich bin wirklich sehr müde. Gute Nacht.«

Ich klang so lammfromm, dass Mum und Dad mich überrascht anstarrten. »Wie geht es Markus?«, rief Mum mir hinterher.

»Er steckt voller Überraschungen«, murmelte ich. Ich wollte einfach nur allein sein und zu verstehen versuchen, was heute Abend passiert war.

Aber dann kam Glynis in mein Zimmer gehüpft. Sie hüpft überallhin. »Und, war es schön bei Markus?«, fragte sie total aufgedreht.

Ich machte mir nicht die Mühe, ihr zu antworten. Mit ihrem aufgesetzten niedlichen Getue war sie der letzte Mensch, mit dem ich jetzt reden wollte. »Ich bin todmüde. Tschüs.«

Aber Glynis plapperte weiter. »Einige meiner Freundinnen sagen, Markus wäre ziemlich süß. Hast du ihn geküsst? Ich wette, das hast du. Mir kannst du es ruhig erzählen. Ich weiß alles über Jungs.«

»Gute Nacht, Glynis«, murmelte ich.

Aber sie kapierte es immer noch nicht. Stattdessen setzte sie sich neben mich aufs Bett und legte mir einen Arm um die Schulter. »Warum fragst du mich nicht, was für Preise ich gewonnen habe, während du fort warst?«

»Weil du es mir wahrscheinlich sowieso erzählen wirst.« Schwermütig fügte ich hinzu: »Du solltest mir eigentlich lieber nicht zu nahe kommen, Glynis.«

»Wieso?«

»Siehst du die ganzen Mitesser in meinem Gesicht?«

»Die sind ja auch nicht zu übersehen.«

»Nun, sie könnten jeden Moment abfallen. Ich glaube sogar, dass einer gerade auf dir gelandet ist.«

»Iiih, igitt, wo?«, kreischte Glynis und sprang auf. Dann sah sie mich lächeln und rief: »Du bist die gestörteste, abstoßendste Schwester der Welt.«

»Der Sinn meines Lebens.«

Bevor sie aus dem Zimmer rauschte, drehte sie sich kurz um. »Ich wette, dass Markus sich bald eine viel hübschere Freundin als dich zulegen wird.«

3. Kapitel

Der Ruf des Vampirs

Der Ostersonntag kam und ging – und Markus rief nicht an. Aber ich verbrachte viele Stunden mit der Frage, ob sein Gedächtnis allmählich zurückkehrte. Fing er wieder an, sich *an mich* zu erinnern?

Dabei überkam mich gelegentlich ein leises Unbehagen.

Ein großer Vogel oder eine Fledermaus, die dem Fahrer gegen die Windschutzscheibe geflogen war, hatte Markus' Unfall und damit seinen Gedächtnisverlust verursacht.

Eine Fledermaus.

Es ließ mir keine Ruhe. War das nur ein seltsamer Zufall?

Ich wollte Markus unbedingt helfen und etwas unternehmen, aber stattdessen blieb alles in der Schwebe. Doch dann erfuhr ich am Ostermontag bei einem weiteren Familienessen eine Neuigkeit, die sich als sehr wichtig herausstellen sollte.

Wir waren diesmal in ein Restaurant gegangen, in dem man im Schneckentempo bedient wird. Plötzlich drehte sich mein Bruder zu mir um und sagte: »Letzte Woche hat ein Laden eröffnet, der dich bestimmt interessieren wird.«

Das bezweifelte ich stark, denn ich hasse Shoppen.

»Er heißt *Mad About Monsters*«, fügte er hinzu.

Das hörte sich nun doch interessant an.

»Er ist ziemlich klein und liegt am Ende der neuen Ladenzeile in der Dover Street. Im Schaufenster hängen lauter Bilder von Monstern. Es ist gerade so, als würde man die Wand in deinem Zimmer anschauen.«

An dieser Stelle gluckste der Rest meiner Familie.

»Ich hatte natürlich keine Zeit, selber reinzugehen«, fuhr Martin fort.

Nein, das überließ er lieber seiner verrückten Schwester. Aber ich würde mir *Mad About Monsters* auf jeden Fall ansehen. Es erschien mir höchst unwahrscheinlich, dass jemand so einen speziellen Laden ausgerechnet in Great Walden eröffnete, außer ...

Jetzt überschlugen sich meine Gedanken. Als die tödlichen Vampire das letzte Mal hier gewesen waren, hatten sie den Jahrmarkt benutzt, um anzureisen. Sie hatten so getan, als würden sie in einigen der Buden und Fahrgeschäfte arbeiten. War das jetzt für sie eine andere Möglichkeit zur Rückkehr? Sollte der Laden nur als Deckmantel für Vampirgeschäfte dienen?

Dass Markus sein Gedächtnis genau in der Woche verloren hatte, in der *Mad About Monsters* eröffnet worden war – konnte das auch nur ein Zufall sein?

Am nächsten Morgen ging ich mir sofort den Laden ansehen. Da war er, mit einem »Neueröffnung«-Banner quer über dem Schaufenster und absolut umwerfenden Postern von allen möglichen Monstern.

Als ich die Tür öffnete, ertönte ein lautes Heulen. Genauso einen Soundeffekt würde ich unheimlich gern an der Tür zu meinem Zimmer anbringen. Ich fühlte mich sofort wie zu Hause.

Der Laden war zwar klein, aber vollgestopft mit faszinierenden Sachen. Die wirklich teuren Modelle standen in Vitrinen und kosteten astronomische Summen. Aber es gab auch spottbillige kleine Monster und Horror-DVDs und Bücher und Poster, die einem richtig ins Auge sprangen ... Das war zweifelsohne der aufregendste Laden, den ich je betreten hatte.

Dann hörte ich jemanden sagen: »Die erste Kundin des Tages, wie großartig.« Ein kleiner Mann mittleren Alters mit rotem Bart schlängelte sich zu mir durch. Bis auf eine große schwarze Augenklappe über seinem rechten Auge war an ihm nichts Ungewöhnliches.

Er strahlte mich einladend mit rosig leuchtendem Gesicht an. Aber mich konnte man nicht zum Narren halten. Ich hatte schon mal eine reizende alte Dame kennengelernt, Mrs Lenchester, die sich schließlich als echter tödlicher Vampir entpuppt hat.

Könnte er einer von ihnen sein?

»Herbert Cheshire zu deinen Diensten. Willkommen in meinem kleinen Reich«, sagte er. Er rollte alle Wörter auf seiner Zunge herum wie ein Schauspieler in einem alten Schwarz-Weiß-Schinken. »Wir sind vielleicht winzig, aber es wimmelt hier drin von gruseligen Kreaturen. *King Kong, Die Kreatur aus der Schwarzen Lagune, Godzilla, Der Weiße Hai, It! The Terror from Beyond Space*, geflügelte Schlangen, Werwölfe, du findest hier alles, sogar *Den Unsichtbaren.*«

Ich lächelte höflich über seinen albernen Witz.

»Ich glaube aber« – er hielt inne und schien mich einen Augenblick zu mustern –, »ja, ich bin mir sogar sicher, dass du wegen eines Klassikers hier bist. Vampire.«

Ich zuckte überrascht zusammen. »Wie in aller Welt konnten Sie das wissen?«

»Es ist mein Beruf, jedem Menschen das passende Monster zuzuordnen«, sagte er. »Nein, nicht mein Beruf. Es ist meine *Berufung*. Wenn du mir bitte folgen möchtest.« Und er führte mich in die Vampirabteilung.

Die war überhaupt nicht zu übersehen, da darüber ein riesiger schwarzer Umhang schwebte. Er zitterte leicht und schien an den Rändern Blutflecken zu haben, obwohl es sich wahrscheinlich nur um Tomatensauce handelte.

Herbert Cheshire bemerkte, wie ich den Umhang bewundernd anstarrte, und sagte: »Der ist leider nicht zu verkaufen.«

»Ist das Ihrer?«

Für einen kurzen Augenblick schien ihn meine Frage aus der Fassung zu bringen, aber dann sagte er geschmeidig: »Ja, das ist er wirklich. Ich bin selbst ein leidenschaftlicher Sammler. Also, dann lasse ich dich mal in Ruhe stöbern. Ich bin sicher, dass du hier vieles finden wirst, das dich interessiert.«

Das stimmte, und ich vergaß für eine Weile alles andere, denn ich war völlig gefesselt und gebannt von der prächtigen Sammlung von neuen und gebrauchten Vampirbüchern, DVDs und Masken. Doch dann sah ich wieder zu dem Umhang hoch. Die Tatsache, dass er dem Ladeninhaber gehörte, konnte ein Hinweis auf die wahre Natur des Mannes sein. Aber würde er ihn dann so offensichtlich zur Schau stellen? Allerdings können Vampire ziemlich arrogant sein und dich regelrecht dazu herausfordern, dich mit ihnen anzulegen.

Von Zeit zu Zeit sah der Ladeninhaber zu mir herüber und winkte mir freundlich zu. Außer mir war immer noch kein anderer Kunde im Laden. Dann kam er schließlich zu mir herübergeschlendert. »Darf ich mich erkundigen, wie du vorankommst?«

»Bin schon fertig, habe längst viel zu viel ausgesucht.«

»Ach, es gibt doch nichts Schöneres als eine gehörige Portion Grusel, um uns unsere Sorgen vergessen zu lassen, stimmt's?«, sagte er. »Wenn man in meinem gemütlichen und behaglichen Laden ist, kann man die Eintönigkeit und Trostlosigkeit der dunklen Welt da draußen schnell vergessen. Du bist jederzeit willkommen vorbeizuschauen.«

»Danke, das werde ich machen. Äh ... arbeiten Sie hier ganz allein?«

»Nein, ich habe da unten einen Assistenten.« Er deutete auf die Treppe, die in den Keller hinunterführte. »Die meisten Geschäfte tätigen wir übers Internet. Wir haben Kunden auf der ganzen Welt, weißt du. Aber wir brauchten eine Zentrale, und an unserem letzten Standort sind die Mietpreise so in die Höhe geschossen, dass wir hierher gezogen sind, wo die Miete zum Glück noch erschwinglicher ist. Soll ich jetzt deinen Einkauf abkassieren, einschließlich dieser fantastischen Vampirmaske?« Er ging mit wippenden Schritten zu einer sehr altmodischen Ladenkasse.

»Na gut, machen Sie schon, sagen Sie mir schonungslos, was es kostet«, sagte ich.

»Oh, ich bin sicher, dass wir unseren Stammkunden einen kleinen Preisnachlass gewähren können, und ich weiß, dass du einer unserer Stammkunden sein wirst.« Er gab mir sogar einen großen Nachlass, und als ich bezahlte, bemerkte ich neben der Kasse eine Schachtel mit niedlichen kleinen Porzellanhunden, lauter Jack Russells. Mir fiel wieder ein, dass Markus ein Porzellanhündchen erwähnt hatte, das Gracie ihm geschenkt hatte. Ich fragte mich, ob sie es hier gekauft hatte. Aber was hatte sie in einem Laden voller Monster verloren?

Herbert Cheshire sah mich über die Kasse hinweg an und meinte, als könnte er meine Gedanken lesen: »Diese charmanten Geschöpfe waren die Idee meines Assistenten. Andy ist von ihnen ganz angetan, obwohl ich den Verdacht habe, dass das ein Witz auf meine Kosten ist. Ich habe nämlich einen treuen kleinen Jack Russell, der Pluto heißt. Aber eines Tages sprang Pluto an mir hoch, um mir das Gesicht abzulecken, und hat mir versehentlich das Auge rausgebissen.«

»Wie entsetzlich!«

»Das war es, und zwar für uns beide. Der arme Pluto war untröstlich darüber, dass er versehentlich mein Auge verschluckt hatte. Aber der Arzt sagte später, selbst wenn ich es mitgebracht hätte, wäre es nicht möglich gewesen, es wieder festzunähen. Ich bin jedenfalls froh, dass Pluto und ich immer noch die besten Freunde sind. Ich komme ganz gut mit einem Auge zurecht.«

Bevor ich Herbert Cheshire noch etwas fragen konnte, kündigte das Werwolfheulen neue Kundschaft an – diesmal eine ganze Familie. Also gab mir Herbert die Sachen, die ich gekauft hatte, und begrüßte die Neuankömmlinge mit dem üblichen »Willkommen in meinem kleinen Reich«-Geschwafel. Aber als ich ging, rief er mir noch nach: »Wir freuen uns darauf, dich recht bald wieder bei uns begrüßen zu dürfen.«

Den Rest des Tages dachte ich unentwegt an *Mad About Monsters* und an den Ladeninhaber mit der Augenklappe. In der

Nacht träumte ich sogar von ihm, und zwar von dem Augenblick, in dem Pluto klar wurde, was er seinem Besitzer angetan hatte. Der arme Hund heulte vor Kummer. Es ging mir durch Mark und Bein.

Dann wurde ich schlagartig wach und konnte Pluto immer noch hören, so dachte ich jedenfalls im ersten Moment. Es war tatsächlich eine Art Heulen zu hören. Aber ich war sicher, dass es nicht von einem Hund oder sonst einem Tier kam. Ich erkannte das Geräusch, das mir das Blut in den Adern gefrieren ließ. Es stammte von einem übernatürlichen Wesen – *einem Vampir.*

Ich knipste das Licht an. Das Heulen hörte nicht auf. Dann öffnete ich meine Zimmertür. Jemand anderes aus meiner Familie musste doch sicher auch davon wach geworden sein. Ich wollte mit diesem schauerlichen Geräusch nicht allein sein. Ich sah in jedes Schlafzimmer. Aber alle schlummerten tief und selig. Alle außer mir. Was sollte ich jetzt tun? Einen von ihnen wecken? Aber was könnten sie schon machen? Dann stahl sich ein weiterer Gedanke in mein Gehirn.

Vielleicht waren sie gar nicht in der Lage, das Heulen zu hören.

Vielleicht konnte nur ich dieses grässliche Geräusch wahrnehmen.

Sofort begann in mir etwas zu zucken und zu prickeln.

Ich fürchtete mich zwar, aber ich hatte mich seit vielen Wochen nicht mehr so lebendig gefühlt.

Also zog ich mich hastig an, packte eine Taschenlampe ein (nachdem ich mich vergewissert hatte, dass die Batterien noch voll waren) und ein paar Heftpflaster, nur für den Fall, dass ich angegriffen werden sollte. Damit das nicht so ohne Weiteres passieren konnte, stopfte ich beide Hosentaschen mit Knoblauchzehen voll (ich habe immer einen üppigen Vorrat in meinem Zimmer).

Dann musste ich irgendwie aus dem Haus kommen, ohne dass jemand es bemerkte. Das kann ganz schön knifflig sein, aber ich habe gelernt, mich so lautlos zu bewegen wie ein dahinschwebendes Gespenst. Ich glaube, selbst jemand mit einem Ultraschall-Gehör hätte nicht mitbekommen, wie ich die Treppe runterschlich und höchst behutsam die Haustür aufzog.

Dann trat ich ins Freie.

4. KAPITEL

DIE SCHWARZE GESTALT

Die Straßenlampen hüllten alles in ein orangefarbenes Leuchten. Ich warf einen langen Schatten, als wäre ich riesig und bereit, mich ... ja, wem eigentlich zu stellen?

Ich war kaum aus dem Haus getreten, als das Vampirgeheul aufgehört hatte. War das nicht ein wenig verdächtig? Lief ich womöglich geradewegs in eine Falle? Doch um mich herum war alles totenstill, bis auf die Bäume, die in der leichten Brise raschelten. Keine Menschenseele schien unterwegs zu sein.

Dann geschah etwas, das mich vor Schreck zusammenfahren ließ. Alle Straßenlampen erloschen gleichzeitig.

Es geschah so plötzlich, dass es mir vorkam, als müsse eine übernatürliche Kraft alles in völlige Dunkelheit geworfen haben. Ich stierte nervös in alle Richtungen, bis mir etwas einfiel, das ich in der Lokalzeitung gelesen hatte. Um Geld zu sparen, ließ die Gemeinde nachts alle Lichter ausgehen. Das war alles, kein bisschen unheimlich.

Nur war es jetzt dummerweise so dunkel, dass ich kaum sah, wohin ich ging. Ich wollte gerade meine Taschenlampe rausholen, als mein ganzer Körper sich vor Entsetzen versteifte. Ein Schatten direkt vor mir hatte sich in Bewegung gesetzt. Vor ein paar Sekunden war da noch niemand gewesen, dessen war ich mir völlig sicher. Aber nun war da jemand, eine Gestalt wie aus der Dunkelheit herausgewachsen. Die Gestalt sah sich um. Ich wich sofort zurück und steckte die Taschenlampe weg. Die Gestalt wandte sich ab und setzte sich so schnell in Bewegung, dass sie quasi rannte.

Wo lief sie hin? Natürlich musste ich ihr folgen, auch wenn ich mir sicher war, dass es sich nur um einen Vampir handeln konnte. Wer sonst könnte einfach aus dem Nichts erscheinen?

Ich umklammerte den Knoblauch. Meine Hände zitterten, aber nachdem ich monatelang in diesem Sanatorium vor mich hin gesiecht hatte, war ich froh, wieder das zu machen, was ich am besten konnte: Vampire aufspüren. Ich war sicher, dass es sich hier sogar um einen tödlichen Vampir handelte, einen der gefährlichsten Vampire, die es gibt. Und ich war ihm direkt auf den Fersen. Hätte die Nacht noch besser werden können?

Nun, natürlich hätte sie das. Wenn Markus auch hier gewesen wäre. Ich spürte seine Abwesenheit die ganze Zeit wie ein riesiges Loch neben mir. Doch ich dachte auch daran, was ich Markus für eine tolle Geschichte erzählen konnte, sobald sein Gedächtnis wiederhergestellt war. Und er würde total beeindruckt davon sein, wie mutig ich ganz allein in der Nacht umherstreifte. Ich war selbst mächtig von mir beeindruckt.

Einmal blieb die dunkle Gestalt abrupt stehen und drehte sich ruckartig um. Hatte sie mich gehört? Doch dann lief sie weiter und hielt kurz darauf schon wieder – direkt vor Markus' Haus.

Das war ein Schock. Aber auf andere Art auch wieder nicht, wenn du verstehst, was ich meine.

Ich strengte meine Augen an, um zu erkennen, was die Gestalt tat. Zunächst schien es, als täte sie nichts. Sie stand nur da und starrte zu Markus' Schlafzimmerfenster hoch. Sie hätte ein Wachposten sein können. Eine Ewigkeit schien zu vergehen, während die Gestalt einfach nur ausharrte.

Ich arbeitete mich langsam näher heran. Nun konnte ich die Gestalt deutlicher sehen. Es handelte sich um einen Jungen, nicht viel älter als ich. Er war völlig in Schwarz gekleidet. Aber wer war er? Und warum trieb er sich vor Markus' Haus herum? Könnte er wirklich ein Vampir sein? Ich war mir dessen ziemlich sicher.

Hatte er etwas mit *Mad About Monsters* zu tun? Der Gedanke kam mir ganz plötzlich. Hatte Herbert Cheshire nicht seinen jungen Assistenten Andy erwähnt? Könnte das dieser Andy sein? Vielleicht waren er und Herbert Cheshire beide tödliche Vampire.

Mit einem Mal kam Bewegung in den Jungen, zumindest in seine Hände. Sie vollführten Kreise und schnappten dann nach vorn, als würde er versuchen, einen unsichtbaren Ball aus der Luft zu fangen.

Dabei murmelte er etwas, aber so leise, dass ich kein einziges Wort aufschnappen konnte. Es war die Art, wie er sprach, die mir eine Gänsehaut machte. Es klang, als würde er immer denselben Singsang wiederholen, um jemanden zu verhexen, nämlich Markus.

War es ein Zauberspruch, der dafür sorgte, dass Markus sein Gedächtnis nicht wiederfand? War es das, was er tat? Plötzlich ergab alles einen Sinn.

Die tödlichen Vampire hatten den Unfall verursacht, durch den Markus sich den Kopf angeschlagen und alles über seine Zeit als Vampir-Jäger vergessen hatte. Und nun sorgten sie dafür, dass seine Erinnerung verschollen blieb und er ihnen nicht in die Quere kommen konnte, während sie neue, entsetzliche Pläne schmiedeten.

Ich war ein bisschen eingeschnappt, dass die tödlichen Vampire sich nicht die Mühe gemacht hatten, auch mein Gedächtnis zu löschen. Hielten sie mich für so unwichtig? Allerdings war es ein großes Glück, dass sie mich so krass unterschätzt hatten.

Was, wenn es mir gelang, diesen tödlichen Vampir zu stören, sodass er Markus nicht weiter verhexen konnte? Würde Markus dann sein Gedächtnis wiederfinden? Einen Versuch war es allemal wert.

Ich umfasste den Knoblauch in beiden Hosentaschen, ballte die Hände zu Fäusten und stürmte vor. »Hey, hör sofort damit auf!«, rief ich. »Lass ihn in Ruhe.« Ich war so in Rage, dass ich es mit dem Vampir aufgenommen hätte.

Doch er verschmolz blitzartig mit dem Schatten. Ich war beinahe enttäuscht, dass er nicht einmal versucht hatte, mich anzugreifen. Wieso war er überhaupt so schnell verschwunden? Lag es an den Knoblauchzehen, die ich umklammert hielt?

Die wichtigste Frage war jedoch, ob ich rechtzeitig eingegriffen und damit verhindert hatte, dass Markus' Erinnerungsvermögen noch mehr in Mitleidenschaft gezogen worden war. So viele Fragen schossen mir durch den Kopf, während ich dastand, zitternd vor Schock und Wut über das, was ich heute Nacht gesehen hatte.

Am liebsten wäre ich in Markus' Haus gestürmt und hätte ihm erzählt, was gerade passiert war. Er hatte gewiss ein Recht darauf, es zu erfahren. Aber ich hatte im Grunde nur gesehen, wie ein Junge vor seinem Haus mit den Händen gefuchtelt und etwas geflüstert hatte.

Ich hatte keinen Beweis, dass es sich bei ihm um einen Vampir handelte, abgesehen von der Art und Weise, wie er aufgetaucht und wieder verschwunden war.

Markus' Eltern würden einfach sagen, dass ich mir alles nur eingebildet hatte. Und bevor ich wusste, wie mir geschah, würden sie meine Mum und meinen Dad anrufen, die fuchsteufelswild darüber sein würden, dass ich mich mitten in der Nacht draußen herumtrieb. Womöglich bekäme ich obendrein ein halbes Jahr Hausarrest.

Also klingelte ich nicht bei Markus, sondern ging nach Hause und dachte dabei unentwegt nach. Natürlich war es reines Glück gewesen, dass ich heute Nacht den Vampir entdeckt hatte.

Nein, war es gar nicht.

Ich hielt inne.

Es war das Vampirheulen gewesen, das mich aus dem Haus gelockt hatte. Hatte mich jemand absichtlich geweckt? Aber das ergab doch überhaupt keinen Sinn. Warum sollten die Vampire *wollen*, dass ich herausfand, was sie im Schilde führten?

Ich schlich die Treppe hoch in mein Zimmer. Ich versuchte nicht mal zu schlafen. Das wäre gar nicht möglich gewesen.

Markus' Eltern hatten mir nicht ausdrücklich verboten, ihm etwas über die letzten Monate zu erzählen. Und ich war nicht ihrer Ansicht, dass es besser wäre, wenn sein Gedächtnis von allein zurückkäme. Ich musste die Sache einfach beschleunigen.

Dann hatte ich einen Geistesblitz. *Mad About Monsters.* Na

klar! Ich würde mit Markus dort hingehen und ihn in diesem verrückten Laden herumkramen lassen. Ich brauchte überhaupt nichts zu sagen, die Sachen dort würden von ganz allein alle möglichen Erinnerungen in ihm auslösen.

Ich konnte es kaum erwarten, Markus anzurufen, aber dann rief er mich zuerst an, ganz früh am nächsten Morgen.

»Kannst du sofort herkommen?«, fragte er.

»Warum?«

»Das erzähle ich dir, wenn du da bist. Beeil dich.«

Und dann legte er auf.

5. Kapitel

Der Vampir kehrt zurück

Ich sauste so schnell ich konnte zu Markus' Haus.

Sein Gedächtnis musste wieder zurückgekommen sein. Nur das konnte der Grund sein, warum er mich so dringend sehen wollte.

Dann fiel mir noch etwas ein: Wenn Markus sich wieder erinnerte (und ich war jetzt davon überzeugt, dass genau das passiert sein musste), bedeutete es, dass es mir letzte Nacht gelungen war, den tödlichen Vampir dabei zu stören, als er Markus verhexen wollte. Ich hatte es wirklich geschafft. Ich hatte einen tödlichen Vampir in die Flucht gejagt. Ich!

Jetzt brauchte ich Markus gar nicht mehr zu *Mad About Monsters* mitzunehmen. Seine Erinnerung war zurückgekehrt!

Ich hatte mir das alles im Kopf zurechtgelegt, noch bevor ich Markus sah. Kein Wunder, dass ich so aufgeregt war.

Da stand er und wartete auf der Türschwelle auf mich. Kaum war ich bei ihm angekommen, begann er aus dem Mundwinkel mit mir zu reden, so wie das die Schauspieler in alten Gangsterfilmen machen. Er bekam das super hin.

»Hey, ich wusste, dass du mich nicht im Stich lassen würdest. Wie ist es, kannst du rennen?«

»An guten Tagen.«

»Und ich kann humpeln. Was für ein tolles Team wir sind. Also komm.«

»Aber wo gehen wir hin?«

»Egal, wo du hinwillst«, sagte er, als er die Einfahrt runterging. »Hauptsache, ich komme von meinen Eltern weg. Jeden Augenblick werden sie mich fragen, ob ich entspannt bin. Und nichts ist weniger entspannend, als ständig gefragt zu werden, ob man entspannt ist. Ich habe sogar schon mit dem Gedanken gespielt, mich in ein Hochsicherheitsgefängnis sperren zu lassen, nur um ein bisschen Privatsphäre zu haben.« Er zeigte sein vertrautes breites Grinsen. »Danke, dass du mich gerettet hast.«

»Habe ich das?« Wir gingen ziemlich schnell die Straße entlang.

»Ja. Mum musste Dad irgendwo hinfahren, weil sein Auto nicht ansprang. Da ergriff ich die Chance, abzuhauen und dich zu treffen.«

Ich sah ihn erwartungsvoll an, aber Markus schwieg. Also sagte ich es an seiner Stelle. »Dein Gedächtnis ist also wieder zurückgekehrt?«

»Nein, nicht die Bohne.«

Zuerst war ich zu fassungslos, um enttäuscht zu sein. Ich war vollkommen überzeugt davon gewesen, dass er mich aus diesem Grund angerufen hatte. »Du kannst dich immer noch an nichts erinnern?«, fragte ich.

»Nun ja, hin und wieder ein kleiner Fetzen, aber nichts Konkretes. Ist schon frustrierend, echt. Darum dachte ich, wenn ich mit dir abhänge, dann befreie ich mich damit aus dem Erinnerungsgefängnis, in dem ich für immer am 29. September des letzten Jahres festsitze. Falls das für dich okay ist, Tallulah.« Er sprach meinen Namen so schüchtern aus, dass es irgendwie süß war.

»Klar ist es okay.«

»Wo wollen wir also hingehen?«

Ein guter Moment, um meinen ursprünglichen Plan umzusetzen. »Nun, wir könnten einen neuen Laden besuchen. Er heißt *Mad About Monsters.*«

»Klingt abgefahren«, sagte Markus.

»Ich glaube, dir wird es gefallen«, sagte ich und schlug die Richtung zum Laden ein.

»Du hast ja einen Affenzahn drauf«, meinte Markus.

Ich hatte es eilig, in den Laden zu kommen, damit Markus sich wieder zu erinnern begann. Und ich war völlig sicher, dass dort der ideale Ort dafür war. Mr Herbert Cheshire und sein noch unbekannter Assistent Andy waren natürlich meine Hauptverdächtigen, wenn es um tödliche Vampire ging. Es wäre irgendwie ironisch, wenn ausgerechnet ihr Laden Markus helfen würde, seine Erinnerung wiederzuerlangen.

Ich betrat den Laden mit angespannter Erwartung – und voller Hoffnung. Herbert Cheshire kam zu uns rübergeprescht, eine riesige Teetasse in der Hand. »Ach wie schön, da sehe ich eine alte Bekannte«, sagte er zu mir. »Und du hast einen Kameraden im Schlepptau, wie überaus famos. Kann ich euch irgendwie behilflich sein oder wollt ihr einfach nur in altbewährter Manier stöbern?«

»Danke, wir stöbern«, antwortete ich.

»Dann stöbert, wie es euch beliebt«, sagte Mr Cheshire und enteilte, um irgendwelche anderen Kunden zu begrüßen.

»Der ist so schrullig wie sein Laden«, meinte Markus grinsend. »*Du hast einen Kameraden im Schlepptau*«, wiederholte er und schüttelte ungläubig den Kopf. »Und wieso ist er angezogen wie ein pensionierter Pirat?«

»Das ist eine lange Geschichte, die erzähle ich dir später«, antwortete ich. Aber ich sollte nicht dazu kommen, Markus zu erklären, wie Herbert Cheshire sein Auge verloren hatte – und nun ist es zu spät.

An diesem Tag waren drei weitere Kunden im Laden: zwei Jungs in Trenchcoats und großen Doc Martens Stiefeln und ein ganz in Schwarz gekleidetes Mädchen. Alle drei sahen ernst und griesgrämig drein.

»Hey«, sagte Markus zu mir und nickte in Richtung der drei. »Jetzt verstehe ich, wieso du dich hier wie zu Hause fühlst.«

Ich schätze, er meinte, dass ich mich ähnlich kleidete. Das war nicht gerade ein Kompliment.

»Also, was schauen wir uns zuerst an?«, fragte er.

»Ich führe dich herum«, sagte ich. Ich war selbst erst einmal hier gewesen, aber der Laden fühlte sich schon an wie eine zweite Heimat. Ich beschloss, vor den Vampiren ein paar andere Sachen anzusehen, also gingen wir erst durch die Werwolf-Abteilung, dann durch die *Weißer Hai*-Ausstellung. Danach hielt ich es nicht länger aus, und wir gingen dahin, wo die Vampirsachen waren.

»Was hältst du davon?«, fragte ich und schaute zu dem Umhang hoch.

Aber Markus sah sich schon grinsend eine Vampirfigur an. »Spitze Zähne, nicht gerade ein Schönheitsideal«, bemerkte er. »Ich habe nie kapiert, warum manche Leute so ein Getue um

Vampire machen. Ich meine, Blut zu trinken ist doch total asozial, oder? Und die Vampire, die ich in Filmen gesehen habe, jammern immer nur herum. Ich würde ihnen am liebsten sagen, dass sie sich mal am Riemen reißen sollen.« Dann fügte er hinzu: »Wollen wir gleich mal einen Kaffee trinken gehen?«

»Du möchtest nicht hierbleiben?« Ich war niedergeschlagen, am Boden zerstört.

»Nur, wenn du drauf bestehst. Vampire sind nicht mein Fall.«

»Doch, das sind sie.«

»Was hast du gerade gesagt?«, hakte er nach.

»Du und ich, wir sind ...«

Er trat näher an mich ran. »Wir sind was?«

Und mir wäre beinahe rausgerutscht: »Vampir-Jäger«. Das Wort lag mir auf der Zunge. Ich wollte es unbedingt herausposaunen. Aber ich wusste, wenn ich das tat, würde ich Erinnerungen erzwingen wollen, und damit könnte ich verhindern, dass sie von selbst wiederkamen.

Also sagte ich mit seltsam gedämpfter Stimme: »Wir sind hier fertig.«

»Nein, ehrlich, wenn du gerne bleiben willst ...«

»Nein, nein, du willst gehen, also sollten wir das tun.« Ich klang jetzt total eingeschnappt, aber ich konnte es nicht verhindern. Ich war so sicher gewesen, dass die ganzen Vampire um uns herum Erinnerungen bei ihm auslösen würden. Aber nun waren wir uns fremder als je zuvor.

Als wir an der Ladentür waren, blieb Markus plötzlich stehen. »Ja, was macht *ihr* denn hier?«, fragte er. »Die ganzen Geister und Gruselgestalten werden euch zum Frühstück verspeisen.« Er hatte die niedlichen kleinen Hunde neben der

Kasse entdeckt. »Die sehen genauso aus wie der, den Gracie mir geschenkt hat. Aber meiner ist besser. Er hat schwarze Augen, nicht braune, und sie leuchten im Dunkeln. Das muss ein besonderes Exemplar sein.«

Plötzlich erhob sich Herbert Cheshire hinter dem Tresen, wo er fast lautlos Sachen sortiert hatte. »Wenn du eine Frage zu den Hunden hast, dann wende dich an Andy«, sagte er.

»Ist Andy da?«, fragte ich.

»Bedauerlicherweise nicht«, erwiderte Herbert. »Andy ist außerordentlich unpünktlich. Geht immer viel zu spät schlafen, wenn du mich fragst.«

Das wundert mich nicht im Geringsten, dachte ich.

»Aber ihr geht doch nicht etwa schon?«, fragte Herbert.

»Doch, leider. Mein Freund interessiert sich einfach nicht für das alles hier«, sagte ich enttäuscht.

»Was du nicht sagst«, murmelte Markus. Aber draußen vor dem Laden grinste er mich wieder an. »Tut mir leid.«

»Was denn?«

»Dass ich dich beleidigt habe. Hab ich doch?«

»Nein.«

»Doch, hab ich, denn du stehst wirklich total auf Gruselkram. Ich würde sogar sagen, dass du süchtig danach bist. Tut mir leid, dass ich mich da nicht anschließen kann. Aber ich mache es wieder gut, indem ich heute Abend drei Dracula-Filme anschaue und dazu Knoblauchzehen kaue. Wie findest du das?« Er machte sich über mich lustig, aber mir steckte immer noch die Enttäuschung in den Knochen, darum konnte ich nicht darauf eingehen.

Ich grunzte nur.

Markus fuhr fort: »Wenn ich dich so anschaue, würde ich sagen, dass du ziemlich burschikos bist.«

Wenn es etwas gibt, das ich abgrundtief hasse, dann ist es, als burschikos bezeichnet zu werden. Nicht nur, dass es herablassend ist, es stimmt außerdem überhaupt nicht. Also blaffte ich ihn augenblicklich an: »Ich wollte überhaupt nie ein Junge sein. Aber ich stehe einfach nicht auf Klamotten und Make-up und ich liebe alles Gruselige. Trotzdem bin ich immer noch ein Mädchen – eben eine andere *Art* von Mädchen, das ist alles.«

Markus sagte daraufhin kein einziges Wort, er nickte nur andeutungsweise. Aber ich konnte spüren, wie er sich vor mir zurückzog. Augenblicklich wollte ich zurücknehmen, was ich gesagt hatte. Im Moment kannte Markus mich überhaupt nicht, darum war es klar, dass ihm Fehler unterliefen. Wieso konnte ich ihm das nicht zugestehen? Was war denn heute bloß mit mir los?

Kein Wunder, dass er nichts mehr sagte, als wir die Straße entlanggingen. Mir fiel auch nichts ein. Das Schweigen wurde immer unerträglicher, bis ein Blumenverkäufer herangeschlurft kam. Der Kerl trug eine Mütze, die er tief ins Gesicht gezogen hatte, und ging direkt auf Markus zu. »Magst du für die junge Dame ein paar Blumen kaufen?«

»Na klar«, sagte Markus sofort.

»Das brauchst du nicht«, wandte ich ein.

»Betrachte es als Friedensangebot, weil ich es gewagt habe, dich als burschikos zu bezeichnen, und wegen einiger anderer Dinge, die ich heute falsch gemacht habe«, sagte Markus. »Hey, du bist doch nicht allergisch gegen Blumen, oder? Du bekommst von ihnen keinen Heuschnupfen oder Ausschlag ...?«

»Seltsamerweise nicht.«

»Toll, da mache ich ja mal was richtig.« Nein, der sarkastische Unterton in Markus' Stimme entging mir nicht. Wenn dir jemand Blumen kauft, mag das romantisch klingen. Aber so fühlte es sich überhaupt nicht an. Ich wusste, für Markus war es eher eine Art Witz. »Möchtest du dir welche aussuchen?«, fragte er. »Es gibt scheußliche Narzissen und Narzissen, die nicht ganz so scheußlich aussehen.«

Er war schrecklich unhöflich, aber den Blumenverkäufer schien das nicht zu stören. Er begann sogar zu lachen. »Wir haben auch scheußliche Tulpen«, sagte er.

»Wie wäre es mit Tulpen?«, fragte mich Markus.

Ich wollte schon antworten, aber dann sah ich die Augen des Blumenverkäufers.

Große, glotzende Augen, die ich schon einmal gesehen hatte.

Sie gehörten dem Vampir, der letzte Nacht vor Markus' Haus gestanden hatte.

6. KAPITEL

EIN HILFESCHREI

Ich warf einen weiteren Blick auf den Blumenverkäufer. Er war es. Kein Zweifel. Aber was in aller Welt tat er hier? Wieso zeigte er sich Markus? Was führte er im Schilde?

»Also, magst du die Tulpen?«, fragte Markus ein wenig ungeduldig. »Die spärliche Auswahl blendet dich wohl.«

Vor Schreck hatte sich meine Kehle zusammengezogen und ich konnte nicht sprechen. Endlich gelang es mir, ganz langsam den Kopf zu bewegen. Markus warf mir einen forschenden Blick zu. Dann schaute er in seine Brieftasche und meinte: »Da drin ist es schrecklich finster.«

Der Blumenverkäufer lachte immer noch, aber er sah Markus unentwegt an. Sein Blick klebte förmlich an ihm. Mich ignorierte er komplett.

»Ich habe dich hier noch nie Blumen verkaufen sehen«, sagte Markus zu ihm.

»Ich bin neu in der Gegend«, sagte der Blumenverkäufer, reichte Markus sein Wechselgeld und wickelte die Tulpen ein. »Du bist der Erste, der mir etwas abgekauft hat.«

»Na so was«, meinte Markus grinsend. »Dann hast du dir auf Anhieb den besten Kunden ausgesucht.«

Endlich fand ich meine Stimme wieder. »Kenne ich dich nicht irgendwoher?«, fragte ich den Blumenverkäufer unvermittelt.

»Ich glaube nicht«, erwiderte er. »Ich würde mich bestimmt an dich erinnern.« Er hatte einen leichten französischen Akzent. Er deutete eine Verbeugung in meine Richtung an, als er Markus die Blumen gab, dann machte er sich eilig davon.

Markus überreichte mir die Blumen mit einer großspurigen Geste. Dann sah er mich beunruhigt an. »Hey, ist mit dir alles in Ordnung, Tallulah? Du zitterst ja.«

»Alles klar, mir geht's gut.«

»Dieser Blumenverkäufer. Du dachtest, du würdest ihn kennen?«

»Äh, ja«, sagte ich vage. Mein Gesicht fühlte sich immer noch an, als stünde es in Flammen.

»Wie heißt er denn?«

»Das weiß ich nicht.«

»Er ist nicht aus unserer Schule, oder?«

»Nein.«

»Woher kennst du ihn dann?«

Ich hätte so gerne geantwortet: »*Ich habe ihn gestern Nacht vor deinem Haus gesehen, wo er versucht hat, dich zu verhexen. Er ist nämlich ein tödlicher Vampir.*« Aber das konnte ich natürlich nicht sagen, darum meinte ich nur unwirsch: »Was soll das werden? Ein Verhör? Vergessen wir ihn doch einfach.«

»Okay, hab ihn schon vergessen.« Markus klang verwirrt und verletzt, und ich wusste genau, was er dachte: *Dieses Mädchen ist ein kompletter Freak und ganz schön schwierig. Wie kommt es, dass ich überhaupt mit ihr befreundet bin?*

Da rief eine vertraute Stimme: »Da seid ihr ja.« Gracie kam auf uns zugesaust. Ich war sicher, Markus erleichtert aufseufzen zu hören. Jedenfalls besserte sich die Stimmung schlagartig. Sie ist ein wirklich hübsches Mädchen, mit langen, dunklen Haaren und großen, leuchtend grünen Augen, und ja, sie ist unheimlich nett. Wie sehr wünschte ich mir, sie wäre nicht ausgerechnet jetzt aufgetaucht. Im Vergleich zu ihr wirkte ich noch mürrischer.

»Oh, hi Tallulah«, rief sie. »Hat Markus dir die Tulpen zur Begrüßung geschenkt, weil du wieder daheim bist?«

»Könnte man so sagen«, murmelte ich.

»Mir kauft er nie Blumen«, meinte sie lachend. Dann umarmte sie mich. Aber sie konnte sich unmöglich so sehr über mich gefreut haben, wie sie tat. Wir waren uns erst ein paar Mal begegnet. Sie war Markus' Freundin, nicht meine. »Geht es dir jetzt besser?«, fragte sie und klang ehrlich besorgt.

»Oh ja«, sagte ich lahm.

Gracie drehte sich zu Markus um. »Ich war bei dir daheim. Deine Mum ist total in Panik.«

»Na, das ist doch mal eine Abwechslung«, erwiderte Markus.

»Sie sagte, du wärst einfach gegangen, ohne zu erzählen, wo du hinwillst. Und obendrein hast du deinen Krückstock vergessen.« Sie kicherte. »Also dachte ich mir, ich gehe einfach mal in die Stadt und schaue, ob ich dich entdecken kann.«

»Stimmt überhaupt nicht«, sagte Markus. »Ich habe einen Zettel geschrieben und habe ihn ...« Er dachte kurz nach, dann zog er ihn aus der Tasche. »... in meine Hosentasche gesteckt. Egal, sie kann ihn ja später lesen.« Die beiden grinsten sich an.

Dann fragte Gracie ihn: »Wie findest du meine Haare?«

»Sehen super aus, besser als je zuvor. Was hast du mit ihnen gemacht?«

»Was ich gemacht habe!«, rief sie mit gespielter Entrüstung.

»Ich war gestern über eine Stunde beim Friseur.«

»Hat sich gelohnt. Ich liebe komische Frisuren.«

Sie begann, nach ihm zu schlagen, während sie beide lachten. Auch an Gracie erinnerte er sich nicht mehr, aber davon war nichts zu merken. Die Chemie zwischen ihnen stimmte immer noch. Wie hatte sie das nur geschafft?

Gracie plapperte unaufhörlich über die Theateraufführung an ihrer Schule und wie sie eine Rolle darin ergattert hatte. Sie war total aufgeregt, obwohl es nur eine kleine Rolle war.

»Aber du solltest die Hauptrolle spielen«, behauptete Markus. Er kannte sie kaum und doch überhäufte er sie mit Komplimenten.

Nur einmal verging Gracie das Lächeln, nämlich als Markus zu ihr sagte: »Ich weiß jetzt, wo du den Spielzeughund herhast. Solche gibt es in diesem neuen Laden, *Mad About Monsters.* Ich wusste gar nicht, dass du auf Gruselkram stehst.«

Gracie sah peinlich berührt, ja sogar beschämt drein. Das fand ich irgendwie doof. Was in aller Welt ist daran schlimm, wenn Mädchen bei *Mad About Monsters* reinschauen?

Sie wechselte hastig das Thema, indem sie vorschlug, dass wir zusammen einen Kaffee trinken gehen. Sie und Markus fingen an zu überlegen, wo wir hingehen könnten. Plötzlich fühlte ich mich einsamer als je zuvor.

Darum schaute ich auf meine Armbanduhr und sagte: »Huch, ist es schon so spät? Ich sollte schon vor einer Ewigkeit zu Hause sein ... um irgendetwas so Langweiliges zu machen, dass ich komplett vergessen habe, was eigentlich. Ich sollte auf jeden Fall lieber heimgehen.«

Keine Oscar-reife Leistung. Aber Markus schauspielerte auch

nicht gerade überzeugend, als er mir zum Abschied sagte: »Ich hatte echt Spaß.«

»Ich auch«, schwindelte ich.

Auf dem Heimweg versuchte ich eine Erklärung dafür zu finden, wieso der Vampir einfach so aufgekreuzt war. Gleichzeitig war ich in Gedanken mit Markus und Gracie im Café. Ohne mich konnten sie sich entspannen und richtig Spaß miteinander haben. Ich wette, dass sie unentwegt lachten, während Gracie von dem langweiligen Stück erzählte, in dem sie mitspielte. Ich war so sauer, als ich mir die beiden zusammen vorstellte, dass ich irgendwie die albernen Tulpen in meiner Hand vergaß, bis Mum und Glynis mich durch das Küchenfenster sahen.

»Hast du die von Markus?«, wollte Glynis wissen, die zu mir rausgelaufen kam. »Ich wette, die sind von ihm.«

»Ich kann mich gar nicht daran erinnern, wann ich das letzte Mal Blumen geschenkt bekommen habe«, gurrte Mum. »Was für eine reizende Geste. Ich gehe eine schöne Vase für sie holen.«

»Spar dir die Mühe«, murmelte ich.

»Das ist doch keine Mühe«, sagte Mum. Die beiden machten ein Riesengetue, und Mum schien zu denken, es wäre ein wichtiges Ereignis in meinem Leben, dass ein Junge mir Blumen geschenkt hatte. Ich schätze, wenn es etwas bedeutet hätte, wäre es das auch gewesen, aber ich wusste, das hatte es nicht.

Dann standen diese Tulpen in einer schicken Vase in meinem Zimmer und schienen mich zu verhöhnen. Sie hatten so eine negative Ausstrahlung, dass ich sie in den Müll werfen musste.

Schließlich sagte ich mir, dass ich alles vergessen und mich auf diesen Vampir konzentrieren sollte. Ich war zu schockiert gewesen, um darauf zu reagieren, als er plötzlich am helllichten Tag aufgetaucht war. Aber jetzt hatte ich eine Menge Fragen, die ich ihm stellen wollte. Und ich würde mich von ihm nicht noch mal ins Bockshorn jagen lassen.

Ob er immer noch in der Stadt war und Blumen verkaufte? Möglicherweise, denn ganz offensichtlich war das seine Tarnung, um Markus zu beobachten. Vielleicht würde er sogar versuchen, Markus ein weiteres Mal anzusprechen. Doch was genau führte er eigentlich im Schilde? Höchste Zeit, das herauszufinden.

Natürlich wollte ich auf keinen Fall Markus und Gracie in die Arme laufen, aber ich schätzte, dass sie jetzt schon eine Weile im Café waren. Falls ich ihnen begegnete, könnte ich behaupten, dass ich für meine Mum ein paar Besorgungen zu erledigen hatte.

Ich ging in die Stadt zurück und sah mich im Einkaufsviertel um, wo wir dem Vampir vorhin begegnet waren. Keine Spur von ihm. Dann überlegte ich, ob er vielleicht bei *Mad About Monsters* vorbeigeschaut hatte. Ja, ich fragte mich wieder, ob es sich bei ihm um diesen rätselhaften Ladenassistenten Andy handelte. Dann wurde mir klar, dass das höchst unwahrscheinlich war, denn Andy konnte ja nicht gleichzeitig bei *Mad About Monsters* arbeiten und direkt davor Blumen verkaufen. Aber in einem Punkt war ich mir sicher: Der Laden war der Schlüssel zu dem ganzen Geheimnis.

Ich ging nicht gleich rein, sondern stierte erst mal durchs Schaufenster. Ich konnte Herbert Cheshire und einige Kunden herumgehen sehen, sonst niemanden.

Dann sagte eine Stimme mit einem leichten französischen Akzent hinter mir: »Dreh dich nicht um.«

Der Vampir hatte sich so leise angeschlichen, dass ich keinen Laut gehört hatte. Jetzt stand er direkt neben mir. Ich warf ihm einen Blick zu. Mein Herz hämmerte, aber ich sagte leichthin: »Du hast also alle Blumen verkauft?«

Er ging nicht darauf ein. »Sieh einfach weiter durch das Fenster, als sei nichts geschehen.«

»Es ist nichts geschehen.«

»Noch nicht. Ich brauche deine Hilfe, Tallulah.«

»Wer bist du?«, fragte ich. »Und woher kennst du meinen Namen?« Ich war sicher, dass Markus ihn nicht benutzt hatte, als er mir die Tulpen kaufte.

Er zögerte. »Ich heiße Jean Paul und möchte Markus helfen, genau wie du.«

»Dann bist du kein Vampir?«

»Meine Mission ist es, sie aufzuhalten. Du und Markus, ihr könnt mir helfen.« Er schaute sich um. »Aber es ist zu gefährlich, wenn wir weiter hier reden.«

»Gefährlich?«, wiederholte ich ungläubig.

»Es wimmelt hier von Vampiren. Sie beobachten uns vielleicht in diesem Augenblick. Aber später, sagen wir so gegen 15 Uhr, in diesem nahen Wald –«

»Brent Wood«, unterbrach ich ihn.

»Ja. Gibt es dort einen Ort, wo wir ...?«

»Ein Stück den Wald rein gibt es eine große Stechpalme.«

»Ich werde sie finden. Dort kann ich dir dann mehr erzählen. Stell jetzt keine weiteren Fragen.« Mit diesen Worten verschwand er.

Er hatte sich sehr überzeugend angehört, als er sagte, dass er die Vampire aufhalten wollte. Natürlich war es möglich, dass er einfach ein ausgezeichneter Schauspieler war und mich in eine Falle lockte. Markus war schließlich schon außer Gefecht. Jetzt wollte er womöglich sicherstellen, dass auch ich ihm nicht mehr in die Quere kommen konnte.

Aber aus der Nähe war er mir nicht mehr wie ein Vampir vorgekommen.

Trotzdem wusste ich, dass ich vorsichtig sein musste. Bevor ich mich an diesem Nachmittag auf den Weg machte, bewaffnete ich mich mit Knoblauch.

Ich erreichte Brent Wood kurz vor 15 Uhr. Kein Lüftchen wehte hier, und auch die Nachmittagssonne schaffte es kaum, ein paar Strahlen durch die Zweige zu schicken. Kein Wunder, dass einem selbst am helllichten Tag – der sich hier alles andere als hell anfühlte – die Stille bedrückend vorkam. Ich war regelrecht erleichtert, als ich zwei Leute sah, die ihre Hunde spazieren führten. Ein Stück Normalität. Die beiden nickten mir zu und sagten »Hallo«.

Keine Spur von Jean Paul.

Ich flüsterte sogar seinen Namen, für den Fall, dass er sich irgendwo versteckt hielt. Aber nur die Stille antwortete mir.

Er erschien nicht.

Ich war total frustriert. Was mochte ihm passiert sein? Würde er heute Nacht wieder vor Markus' Haus erscheinen?

Ich hatte die starke Vermutung, dass es so sein würde.

Nun, ich würde auch da sein und ihm die ganzen Fragen stellen, die ich ihm am Nachmittag hatte stellen wollen.

Später, als die Nacht gegen die Fenster drückte, schlich ich die Treppe hinunter.

Als ich gerade die Haustür aufzog, meinte ich von oben ein Geräusch zu hören. Ich erstarrte. Es wäre furchtbar, wenn Dad jetzt die Treppe heruntergestürmt käme. Ihm würde die Kinnlade runterklappen, wenn er mich dabei erwischte, wie ich mich aus dem Haus schlich. Aber alles war wieder ruhig. Also öffnete ich die Tür vollends und machte mich aus dem Staub.

Wieder erloschen alle Straßenlaternen, als hätte jemand sie schlagartig ausgeblasen. Aber diesmal zuckte ich nur ganz leicht zusammen. Die Sterne standen hell und klar am Himmel. Ich lief den Weg zu Markus' Haus in der festen Erwartung, den Vampir – oder was auch immer er war – davor herumlungern zu sehen.

Doch er war nicht da.

Ich war beinahe enttäuscht. Vielleicht würde er später aufkreuzen. Nun, ich würde warten. Wenn es sein musste, die ganze Nacht. Ich war wild entschlossen.

Dann erschütterte ein Angstschrei die Dunkelheit, gefolgt von stampfenden Schritten und lauten, keuchenden Atemzügen. Eine Gestalt warf sich in meine Arme.

Es war Jean Paul.

7. KAPITEL

DIE RÜCKKEHR DES FEINDES?

Er klammerte sich an mich, denn er konnte sich kaum auf den Beinen halten. Ich leuchtete ihn mit meiner Taschenlampe an. Schweiß lief ihm über Gesicht und Hals. Seine Augen waren vor Schreck weit aufgerissen. Er hing so schwer an mir, dass ich Angst bekam, er könnte mich mit sich zu Boden reißen.

»Du wurdest angegriffen ... von einem ... einem Vampir!«, rief ich.

Aber er konnte nichts sagen, denn er rang immer noch nach Luft. So vorsichtig wie möglich führte ich ihn zur nächsten Wand und lehnte ihn dagegen. Dort setzte er sich hin, er zitterte am ganzen Leib. Es dauerte lange, bis er wieder normal atmen konnte.

Schließlich sagte ich: »Ich habe Pflaster und so.« Behutsam wischte ich sein Gesicht ab, an dem das Blut herabrann, und klebte ein Pflaster über einen besonders tiefen Kratzer. »Möchtest du einen Schluck Wasser?«

»Oh ja, ja, bitte«, keuchte er.

Ich holte die kleine Wasserflasche aus der Tasche, die ich nachts immer dabeihabe. Er griff danach und trank so gierig, dass er einen Teil verschüttete.

Er sah zu mir auf. »Tut mir leid, ich habe sie ausgetrunken.«

»Macht nichts. Ich habe auch Schokolade dabei. Möchtest du welche?«

»Oh ja.« Er verschlang die Schokolade und lächelte mich an. »Du bist heute Nacht mein Schutzengel.«

»So hat mich noch nie jemand genannt.« Ich lachte, weil ich mich wohl ein bisschen geschmeichelt fühlte. Dann setzte ich mich neben ihn an die Wand und sagte: »Du hast gesagt, dass du Jean Paul heißt. Wir wollten uns um drei Uhr nachmittags im Brent Wood treffen.«

»Ich weiß, ich weiß.« Seine Augen füllten sich wieder mit Entsetzen. »Aber sie haben mich abgefangen ...«

»Die Vampire?«

»Sie haben mich angegriffen und zurückgelassen ... Ich wusste nicht mehr, wo ich war.« Seine Stimme wurde brüchig. »Ich dachte, ich müsste sterben.«

Er zitterte so heftig, dass ich seine Hand ein wenig drückte. »Soll ich Hilfe holen?«

»Das kannst du nicht«, behauptete er.

»Du wolltest mir heute Nachmittag etwas erzählen.« Ich wartete.

Er schluckte schwer. »Sie planen etwas sehr, sehr Schlimmes. Bald schon. Am 15. Es ist von entscheidender Bedeutung, dass Markus sich daran erinnert, wer er ist, denn er weiß ...« Er hielt inne und hustete. Es ging ihm wirklich richtig mies.

»Weiß Markus, wie man sie aufhalten kann?« Ich war mir nicht sicher, ob Jean Paul mich hörte.

Doch er beugte sich vor und sah mir direkt in die Augen. »Markus muss sich erinnern. Ich habe getan, was ich konnte, aber ich habe versagt. Jetzt liegt es an dir. Du bist unsere letzte Chance.«

»Ich?«

»Ja, du musst dafür sorgen, dass er sich vor dem 15. erinnert.«

»Aber morgen ist schon der 14. – genau genommen schon heute.«

»Ich weiß. Die Zeit rennt uns davon. Gibt es etwas, mit dem du seiner Erinnerung auf die Sprünge helfen kannst?«

»So etwas wie ein Foto?«, fragte ich.

»Damit könnte es gehen«, sagte er eifrig. »Ja, ein Foto.«

»Ich habe tatsächlich eins von unserer ersten Begegnung beim –«

Ich hielt inne. Ein großes erleichtertes Lächeln war gerade über Jean Pauls Gesicht gehuscht. Aber er lächelte nicht mich an. Da war noch jemand, tief in den Schatten. Jemand, den ich im Gegensatz zu ihm nicht sehen konnte.

»Könntest du mir bitte aufhelfen?«, sagte er.

Ich tat es, dann meinte er: »Du warst sehr freundlich, aber ich bin jetzt nicht mehr allein.«

»Wer ist dort?«, fragte ich überrascht.

»Mein Mentor«, sagte er.

»Du meinst, dein Lehrer? Aber was macht er hier?«

»Er wird mich mit nach Hause nehmen, damit ich mich von dem Angriff erholen kann«, erklärte er. Dann beugte er sich vor und sagte leise und mit großer Dringlichkeit in der Stimme: »Tu alles, was in deiner Macht steht, damit Markus sich erinnert. Aber stell keine weiteren Fragen. Geh jetzt.«

»Aber du kannst doch kaum stehen.«

»Ich werde schon klarkommen, aber bitte, bitte, geh.«

Er flehte mich direkt an, ihm nicht zu folgen, darum sah ich einfach nur zu, wie Jean Paul davonwankte. Auch wenn er immer noch wacklig war, so schien er mir nun doch etwas sicherer auf den Beinen zu sein, als er die Straße entlangging, in der Markus wohnte. Dann gab es plötzlich eine Art Wirbel, als ob der Dunkelheit Flügel gewachsen wären. Und Jean Paul war verschwunden.

Er war kein tödlicher Vampir, wie ich zuerst geargwöhnt hatte. Nein, er war ein friedliebender Halbvampir, dessen war ich mir jetzt sicher. Als ich ihn letzte Nacht vor Markus' Haus gesehen hatte, war er nicht dabei gewesen, ihn zu verhexen. Im Gegenteil, er hatte versucht, den Bann zu brechen, der Markus daran hinderte, sich zu erinnern. Aber das konnten die tödlichen Vampire nicht zulassen. Darum hatten sie Jean Paul so brutal angegriffen.

Die Lage wurde immer brenzliger.

Da bemerkte ich, dass sich im Gebüsch etwas bewegte. Ich war nicht allein. Etwas kam näher und machte dabei ein schleifendes Geräusch, das in der Dunkelheit quälend laut zu sein schien. Dann erkannte ich, was es war – ein riesiger Kater. Ich stieß einen erleichterten Seufzer aus. In der Nacht streifen ständig Katzen herum.

Dieser Kater hier sah allerdings alles andere als freundlich aus, als er mit peitschendem Schwanz auf mich zukam. Es war eine Schildpattkatze mit riesigen grünen Augen. Mit Entsetzen wurde mir klar, dass ich sie kannte.

Es war Rufus. Er hatte Mrs Lenchester gehört, der tödlichsten Vampirin, der Markus und ich je begegnet waren.

Aber wir hatten sie besiegt. Das war für einen tödlichen Vampir die schlimmste aller Demütigungen, deshalb hatten wir angenommen, dass sie sich viel zu sehr schämte, um jemals zurückzukehren. Aber wenn Rufus hier war, bedeutete das dann, dass sie ebenfalls wieder da war?

Natürlich könnte es sein, dass Rufus jetzt jemand anderem gehörte. Aber es war unwahrscheinlich, denn er war Mrs Lenchester völlig ergeben gewesen.

Der Kater machte einen Buckel und starrte mich an. Erinnerte er sich an mich? Mrs Lenchester hatte den Kater einmal auf mich gehetzt. Wollte er mich wieder angreifen?

Doch nein, er trabte davon. Ob er heimging zu seinem Besitzer? Ich beschloss, ihm zu folgen.

Der Kater lief schnurstracks durch Brent Wood, ein Dickicht aus Bäumen, das schon bei Tag unheimlich ist. Jetzt, in der Nacht, tanzten darin unheimliche Schatten. Aber der Kater hatte es eilig, darum blieb mir keine Zeit, mich allzu sehr zu fürchten.

Dann ließen wir den Wald hinter uns und ich konnte den Fluss riechen. Nicht weit von hier hatte Mrs Lenchester früher gewohnt. Ich überquerte die Steinbrücke und folgte der alten Straße mit den teuren Villen, die hinter hohen Bäumen verborgen waren. Am Ende der Straße standen zwei kleine Cottages, unnahbar und geheimnisvoll. Sie passten überhaupt nicht in die Umgebung und sahen aus, als wären sie eben erst dort gelandet. Der Kater begann an der Tür des ersten Hauses zu kratzen. Genau dort hatte Mrs Lenchester früher gewohnt, aber jetzt …

Ich wartete voller Ungeduld. Plötzlich wurde die Tür einen Spalt breit geöffnet, doch ich konnte niemanden sehen, obwohl dort eindeutig jemand sein musste. Dann verschwand die Katze im Haus und die geheimnisvolle Gestalt schloss die Tür.

Ich schlich näher und fragte mich, ob es vielleicht möglich war, jemanden zu belauschen. Doch alles war still und das Cottage lag dunkel vor mir.

War Mrs Lenchester plötzlich zurückgekehrt? Steckte sie in der Sache mit drin?

Ein eiskaltes Grauen packte mich. Wenn es jemanden gab, vor dem man Angst haben musste, dann war sie es.

8. KAPITEL

IN DER FALLE

Gleich als Erstes am nächsten Morgen suchte ich zwei Fotos von Markus raus. Das war nicht schwer, denn es handelte sich um die einzigen Fotos, die ich von ihm besaß, und nur auf einem davon war sein Gesicht zu sehen.

Sie waren letzten Oktober entstanden, kurz nachdem ich auf die neue Schule gekommen und Markus zum ersten Mal begegnet war. Ich hatte einen geheimen Club gegründet. Leute aus meiner Klasse hockten die ganze Nacht zusammen und erzählten sich gegenseitig gruselige Geschichten. Man durfte nur mitmachen, wenn man eine Horrormaske trug.

Markus und sein Freund Joel kamen nur aus Spaß zu den Treffen (wie eigentlich die meisten). Aber Joel machte ein paar Fotos von mir und Markus. Auf einem davon tragen wir beide unsere Vampirmasken, in dem anderen hält Markus seine Maske in der Hand und macht mal wieder Quatsch.

Joel hat jede Menge Fotos von diesem Abend ausgedruckt, aber das waren die beiden einzigen, die ich behalten habe. Und ich war sicher, dass diese Fotos bei Markus einen Erinnerungsschub auslösen könnten, denn sie waren höchst ungewöhnlich.

Markus' Eltern würden vielleicht sagen, dass ich ihn zwingen würde, sich zu erinnern. Aber das tue ich nicht. Ich gebe ihm nur einen kräftigen Schubs.

Ich beschloss, gleich nach dem Frühstück zu Markus zu gehen. Mir war bewusst, dass der gestrige Tag eine totale Katastrophe gewesen war. Aber ich war entschlossen, es heute komplett anders anzugehen. Denn ich würde schon mal komplett anders sein. Ich würde mich nett und freundlich verhalten. Ich war sicher, dass ich es draufhatte, nett zu sein. Ich war nur etwas aus der Übung. (Und zwar seit dreizehn Jahren!)

Ich verschlang gerade eine Scheibe Toast, als Glynis ihr Gesicht ganz nah an meins heranschob. »Du isst so schnell – kannst es wohl nicht erwarten, zu Markus zu gehen, hm?«

»Ich bin an dieser Unterhaltung nicht interessiert«, zischte ich.

»Du redest nie mit mir, was?«

»Wenn ich es vermeiden kann.«

»Wieso nicht?«

»Weil sich dann mein Gehirn zersetzen würde.«

»Du solltest besser höflich zu mir sein, denn ich kenne ein großes Geheimnis über dich, und wenn Mummy und Daddy davon erfahren würden, bekämst du mächtig Ärger.« Bevor sie noch mehr sagen konnte, kam Mum herein und sie zog ab. Meine Schwester wollte immer im Mittelpunkt stehen und behauptete ständig, dass sie etwas wusste, darum bedeutete es sicher nichts. Ich hatte im Moment wirklich wichtigere Probleme.

Mit schnellen Schritten ging ich zu Markus. Ich war wild entschlossen, dass heute der Tag sein würde, an dem er sein Gedächtnis wiederfand, zumindest teilweise. Und nichts, aber auch gar nichts würde mich aufhalten können!

Doch leider hielt mich doch etwas auf.

Als ich gerade die Straße, in der Markus wohnte, entlangstapfte, fuhr ein Wagen vor seinem Haus vor. Gracie und eine Frau, die ihre Mutter sein musste, stiegen aus. Also besuchte Gracie Markus schon wieder. Dabei hatte sie ihn doch gestern erst gesehen. Ich weiß, ich hatte ihn gestern ebenfalls gesehen, aber ich kam nicht nur zu Besuch. Ich war auf einer absolut lebenswichtigen Mission, um seine Erinnerung zu wecken. Gracie hingegen kam nur zum Quatschen.

Markus kam vergnügt aus dem Haus, redete mit den beiden, und bevor ich wusste, wie mir geschah, hatte sich die Tür hinter den dreien geschlossen. Jetzt dazuzustoßen, wäre völlig zwecklos gewesen. Vielleicht blieben Gracie und ihre Mum ja nur ein paar Minuten. Vielleicht waren sie auf dem Weg woandershin. Ja, es könnte sogar sein, dass sie sich nur verabschieden wollten, weil sie in Urlaub fuhren – hoffentlich ganz weit weg.

Ich hatte mich selbst gerade davon überzeugt, dass es genau so sein musste, als die Tür wieder geöffnet wurde. Meine Hoffnung wuchs, als ich sah, dass Gracies Mum heraustrat. Aber dann wurde meine Hoffnung zunichtegemacht, als sie alleine wegfuhr. Sie hatte Gracie also nur hergebracht, damit sie den ganzen Vormittag oder womöglich den ganzen Tag blieb.

Jetzt hatte es erst recht keinen Sinn hereinzuplatzen. Ich wäre nur so was wie ein Anstandswauwau, und Gracie würde hin und wieder höflichkeitshalber versuchen, mich in die Unterhaltung mit einzubeziehen.

Am schlimmsten traf mich aber, dass Markus so glücklich ausgesehen hatte, als er Gracie die Tür geöffnet hatte. Wenn Weihnachten und Ostern auf einen Tag fielen, hätte er nicht zufriedener sein können. Ich wette, so hätte sich Markus über mich nicht gefreut.

Früher vielleicht mal. Aber jetzt nicht mehr. Jetzt gab es für ihn nur noch Gracie. Und das würde sich auch dann nicht ändern, wenn er sich wieder erinnerte.

Tränen brannten in meinen Augen. Ich kam mir erbärmlich vor. Menschen sind nun mal wankelmütig. Jeder Einzelne. Es zwar zwecklos, sich darüber aufzuregen.

Ich ging rasch davon. Wo sollte ich hin? Bestimmt nicht nach Hause, wo Glynis sich sofort auf mich stürzen würde. »Wieso bist du nicht bei Markus?«, würde sie fragen. »Mag er dich nicht mehr?«

Aber ich musste irgendwohin und irgendetwas machen.

Ich beschloss, das Haus von Mrs Lenchester zu beobachten und herauszufinden, ob sie wirklich zurückgekehrt war. Das zu wissen, wäre wirklich sehr nützlich und würde diesen schrecklichen Tag retten.

Die Sonne schien freundlich und um mich herum kündigte sich der Frühling an. Und doch konnte es sein, dass weniger als eine Meile entfernt ein tödlicher Vampir hauste.

Als ich Brent Wood durchquerte, hatte ich das kribbelnde Gefühl, verfolgt zu werden. Einmal war ich mir sicher, dass in den Blättern ein deutliches Rascheln zu hören war. Ich fuhr herum, doch da war niemand. Ich beschloss, dass es meine Einbildung sein musste. Weil ich wegen letzter Nacht noch so schreckhaft war, meinte ich überall Feinde zu sehen.

Als ich Mrs Lenchesters Haus erreichte, traf mich fast der Schlag. Bei Tageslicht konnte ich erkennen, dass es ganz anders aussah, als ich es in Erinnerung hatte.

Früher war es heruntergekommen und vernachlässigt gewesen. Im Vorgarten waren ein paar dürre, ausgedörrte Pflanzen und ein dünner, struppiger Baum gewachsen. Das alles hatte dem ganzen Ort ein gefährliches und geheimnisvolles Aussehen verliehen. Aber heute war der Vorgarten eine glänzende Blumenpracht und die Haustür war in einem fröhlichen Gelb gestrichen worden. Alles hatte sich verändert und ließ vermuten, dass neue Bewohner eingezogen waren.

Nun, ich hatte letzte Nacht Mrs Lenchesters Kater Rufus gesehen. Aber Katzen hängen oft mehr an Orten als an Menschen, nicht wahr? Vielleicht war Rufus in sein altes Zuhause zurückgekehrt.

Ich hoffte inständig, dass das stimmte.

Und ich wurde immer zuversichtlicher, dass das der Fall war, darum klingelte ich an der Tür. Ich war davon überzeugt, dass ein ganz anderer, total harmloser Mensch mir öffnen würde. Natürlich würde ich nicht reingehen. Nein, ich würde nur irgendeine Entschuldigung murmeln und unglaublich erleichtert sein, dass wir es nicht wieder mit einem wirklich verschlagenen tödlichen Vampir zu tun hatten. Aber dann öffnete überhaupt niemand. Die Vorhänge waren nur halb aufgezogen, also war der neue Besitzer vielleicht gerade fort.

Das war eine gewaltige Enttäuschung. Ich wollte mich nicht einfach wieder davonstehlen. Da fiel mir auf, dass das Tor zum hinteren Garten offen stand. Meine Tante aus Eastbourne lässt oft das Gartentor offen, wenn sie im Garten arbeitet. Dann wissen wir, dass wir nur ums Haus gehen müssen, um sie zu finden. War der neue Besitzer ebenfalls im Garten? Hatte er das Tor deswegen so einladend geöffnet?

Ich klopfte ans Gartentor und rief dabei: »Hallo, ist da jemand?«

Daraufhin hörte ich eine Stimme. Ich verstand nicht genau, was sie sagte, denn sie klang alt und rau, aber sie gehörte auf jeden Fall zu einem älteren Mann. Und ich war sicher, dass er »Komm rein« gesagt hatte, darum wäre es unhöflich gewesen, einfach wegzugehen.

Ich schlenderte ums Haus, fest davon überzeugt, dass ich einen älteren Herrn beim Unkrautjäten oder Eintopfen vorfinden würde. Aber da war niemand. Der Garten war üppig mit bunten Blumen überwuchert. In den Bäumen über mir begann eine Amsel zu singen. Alles sah so friedlich und unschuldig aus.

Mein Blick fiel auf den Schuppen. Meine Tante aus Eastbourne arbeitet oft in ihrem Schuppen. Auch diese Tür stand offen, also klopfte ich an den Rahmen und linste hinein. Nach dem hellen Sonnenschein draußen wirkte es drinnen finster, denn es gab nur ein kleines staubiges Fenster in einer Ecke.

Ein Durcheinander aus Gartentischen und Stühlen stand herum, ein antik aussehender Rasenmäher, ein Spaten, eine riesige Kiste, über der eine Decke lag. Direkt vor der Kiste stand ein sehr, sehr zerbrechlich wirkender alter Mann, der mich hasserfüllt anstarrte. Seine Miene ließ keinen Zweifel daran, dass er mir ganz bestimmt nicht »Komm rein« zugerufen hatte.

»Tut mir entsetzlich leid, wenn ich ungelegen komme«, begann ich.

Er hob langsam eine Faust. Auch wenn er uralt war, jagte er mir doch einen Heidenschreck ein.

»Ich gehe dann besser«, beeilte ich mich zu sagen.

Er rief noch etwas. Auch das war nicht verständlich, aber es klang kein bisschen freundlich. Gleichzeitig nahm ich unter dem Dach des Schuppens eine Bewegung wahr. Da oben war etwas.

Ein Vogel? Oh, lass es bitte einen Vogel sein ... selbst eine kleine Möwe wäre mir lieber gewesen als das, was ich befürchtete.

Wieder ein Zucken wie von Flügeln. Meine Augen gewöhnten sich an die Dunkelheit und ich konnte mehr erkennen: Da war ein kleiner, runzliger Körper, der mit dem Kopf völlig reglos nach unten hing, abgesehen von den gelegentlichen Flügelbewegungen. Ich wandte mich dem alten Mann zu, aber der war weg, von der Dunkelheit verschluckt. Das konnte nur bedeuten, dass er ein ...

Ich wusste, dass ich schnellstmöglich verschwinden musste.

In zwei schnellen Schritten war ich bei der Tür. Aber es war zu spät, sie war schon dröhnend ins Schloss gefallen. Der Knall echote durch den Schuppen. Ich hämmerte wie wild dagegen. Aber die Tür war nicht nur zu, sondern auch abgeschlossen.

Als ich mich umdrehte, sah ich einen Schatten aus der Dunkelheit aufsteigen. Ich starrte ihn vor Entsetzen wie hypnotisiert an. Dann sah ich, dass die Vampirfledermaus nicht allein war. Fünf oder sechs weitere Fledermäuse – wie viele genau es waren, ließ sich schwer sagen – schossen in die Höhe. Dann visierten sie ihr Ziel an – *mich.*

9. KAPITEL

JETZT KANN MICH NICHTS MEHR RETTEN

Als hätten sie es einstudiert, begannen alle Fledermäuse gleichzeitig mit den Flügeln zu schlagen. Sie verhielten sich wie eine Bande von Bikern, die ihre Motorräder aufheulen lassen, bevor sie losfahren. Dann stießen die Fledermäuse auch noch diese grässlichen Schreie aus, die einem das Blut in den Adern gefrieren lassen. Genauso hatten sich die Geräusche angehört, die ich vor ein paar Nächten gehört hatte. Nur waren sie diesmal lauter, wie Kampfgeheul.

Ich begann noch einmal wie verrückt gegen die Tür zu schlagen und an ihr zu ziehen. Obwohl mich wahrscheinlich niemand hören konnte, schrie ich laut um Hilfe.

Wenn ich doch nur jemandem erzählt hätte, wo ich hingehen wollte.

Wenn doch nur Markus hier bei mir wäre.

Plötzlich fragte ich mich, was *er* jetzt tun würde. Er würde vermutlich etwas total Blödes sagen wie: »Hey, Fledermäuse, ihr seid so supermausig, ihr solltet euch unbedingt bei *Britain's Got Talent* bewerben.« Ich konnte ihn direkt hören. Aber er würde auch sagen: »Du bist in einem Schuppen, hier steht massig Zeug rum, also bewaffne dich wenigstens.« Ja, natürlich!

Ich hatte kaum einen Spaten ergriffen, als die Fledermäuse alle vorwärtsschossen und auf mich herabstießen. Ich schwang den Spaten wie ein Schwert und schlug mit ihm in alle Richtungen, während die Viecher mit ihren schwirrenden Flügeln wie rasend um mich herum flogen. Sie stanken so faulig und modrig, dass ich würgen musste. Aber ich hatte keine Zeit, mich zu übergeben, da eine Fledermaus schon auf meinem Gesicht gelandet war und mit ihren wild flatternden Flügeln meine Haare zerzauste.

Plötzlich fiel mir der Knoblauch ein, den ich immer dabeihatte. Ich schwang mit einer Hand immer noch den Spaten, während ich in meine Tasche griff. Da flogen mir drei weitere Fledermäuse direkt ins Gesicht. Der Angriff kam so plötzlich, dass ich das Gleichgewicht verlor und gerade noch verhindern konnte, dass ich hinfiel. Aber der Spaten schepperte auf den Boden.

Ich war selbst halb zu Boden gegangen und völlig wehrlos, als mir siedend heiß einfiel, dass ich heute Morgen vergessen hatte, Knoblauch einzustecken. Ich hatte ja nur Markus besuchen wollen. Nun, der Knoblauch hätte sowieso nicht die Macht gehabt, die ganzen Fledermäuse zu bezwingen, die sich jetzt mit voller Wucht auf mich stürzten.

Ich wehrte mich verzweifelt, indem ich versuchte, sie von mir abzuziehen. Aber dann fühlte ich so einen scharfen, durchdringenden Schmerz, dass ich aufschrie. Eine der Fledermäuse hatte mich direkt ins rechte Ohr gebissen! Der Schmerz war so heftig, dass ich kurz die Augen schließen musste, aber ich wusste, dass ich mich weiter wehren musste, so gut ich konnte. Doch es wurde immer schwerer, besonders weil eine Fledermaus sich an meinem Hals festgekrallt hatte und die Zähne wirklich tief hineinstieß.

Irgendwie schaffte ich es, sie so fest mit der Faust zu treffen, dass sie davonstob. Doch inzwischen landeten immer mehr Fledermäuse auf mir. Es waren einfach zu viele, und sie waren stark, schnell und überhaupt nicht aufzuhalten. Doch ich würde nicht aufgeben. Ich konnte nicht. Aber dann stürzte sich eine weitere so wild auf mein Gesicht, dass ich erneut das Gleichgewicht verlor. Diesmal fiel ich zu Boden.

Plötzlich waren alle Fledermäuse über mir, so als ob sie den Sieg riechen konnten. Der Gestank, den sie verströmten, während sie aufgeregt über mir kreisten, war das Schlimmste. Ich würde mich wirklich gleich übergeben müssen, falls ich nicht vorher ohnmächtig wurde.

Jetzt konnte mich nichts mehr retten.

Das war der letzte Gedanke, an den ich mich erinnere, bevor die Tür des Schuppens einen winzigen Spalt geöffnet wurde. Licht sickerte herein und eine Stimme war zu hören. »Oh nein, das ist ja grauenhaft. Ihr müsst alle auf der Stelle damit aufhören.«

Es war eine sanfte, flattrige Stimme, aber die Fledermäuse gehorchten auf der Stelle. Eine unheimliche Stille herrschte jetzt im Schuppen, nur die Schritte, die langsam auf mich zuschlurften, waren zu hören. Dann sagte dieselbe Stimme: »Behandelt man so einen Gast, der zufälligerweise eine alte Freundin von mir ist? Ich schäme mich für euch alle.«

Die alte Frau, zu der die Stimme gehörte, ging in die Hocke, lächelte gütig wie die bezauberndste Großmutter der Welt und half mir ganz behutsam auf die Beine.

»Nun, Liebes«, sagte sie, »ich denke, wir beide sollten uns jetzt eine gemütliche Tasse Tee gönnen.«

Ich sah auf und direkt in die Augen von Mrs Lenchester.

10. KAPITEL

DIE GOLDENE

Ich war so benommen vor Schreck, dass ich mich von Mrs Lenchester durch den Garten ins Haus führen ließ, bevor mir überhaupt bewusst wurde, was ich da tat. Sie murmelte: »Ich vermute, dass deine Beine noch ein wenig zittrig sind.« (Und ob!) »Kein Wunder nach dem, was passiert ist. Hab keine Scheu, dich auf mich zu stützen. Ich bin kräftiger, als ich aussehe.«

Sie lachte jetzt leise und führte mich an der Küche vorbei in einen Raum, an den ich mich gut erinnerte – ihr Wohnzimmer. Es war wie ein schrecklicher Albtraum, wieder hier zu sein. Da waren die vielen schweren, dunklen Möbel und das langsame laute Ticken der Marmoruhr. Im ganzen Raum waren verblassende Schwarz-Weiß-Fotografien in silbernen Rahmen verteilt, die Mrs Lenchester mit ihrem verstorbenen Gatten Fergus zeigten, als sie noch gemeinsam als Schauspieler auf der Bühne gestanden hatten. Ja, es war alles genau wie früher, wobei das Zimmer mir jetzt noch vollgestopfter vorkam.

Diese riesigen, hässlichen Lampen waren sicher neu, genau wie die halb zugezogenen Samtvorhänge. Ganz bestimmt war auch das große, sehr schmeichelnde Gemälde von Mrs Lenchester und ihrem Mann auf dem Höhepunkt ihrer Theaterkarriere früher nicht da gewesen. Mr Lenchester kam mir seltsam vertraut vor, aber ich konnte nicht genau sagen, an wen er mich erinnerte.

Mrs Lenchester trug ein bunt gemustertes Kleid und war üppiger herausgeputzt als ein Weihnachtsbaum – sie war über und über mit Schmuck behängt. Sie lud mich ein, auf dem grünen Sofa Platz zu nehmen, das noch viel schäbiger aussah, als ich es in Erinnerung hatte.

Als ich das letzte Mal hier gewesen war, hatte sich Mrs Lenchester schwer auf einen Stock gestützt in einen Sessel sinken lassen. Aber heute blieb sie stehen und schien auch keinen Stock zu brauchen. Sie sah außerdem deutlich jünger aus. Zumindest waren einige ihrer Falten verschwunden. Ihre Augen dagegen sahen immer noch alt aus und lagen tief in ihren Höhlen.

Sie beugte sich über mich. »Das kleine Missverständnis tut mir leid.« Ihre honigsüßen Worte legten sich wie ein Schatten auf mich. »Bedauerlicherweise bist du an einen Ort gegangen, den Menschen niemals betreten dürfen.« Es erschien mir merkwürdig, dass sie wegen eines alten Schuppens, in dem überhaupt nichts Interessantes war, so viel Aufhebens machte. »Dabei bist du doch ermahnt worden zu verschwinden.«

»Aber ich konnte nicht verstehen, was der alte Mann gesagt hat.«

»Ach, wirklich nicht?«, sagte Mrs Lenchester. »Nun, was soll's, es ist ja nichts passiert.«

»Wer war der alte Mann?«, fragte ich.

Ein Lachen blitzte kurz in ihrem Gesicht auf. »Ich werde es herausfinden und ihm dann ein bisschen Sprechunterricht erteilen.«

Aber sie wusste, wer er war. Sie musste es wissen.

Dann fügte sie unerwartet hinzu: »Wenn wir uns das nächste Mal sehen, kann ich dir hoffentlich alles über ihn erzählen.«

Das nächste Mal! Sie würde mich also freilassen ...

Mir war immer noch etwas schwindelig, aber ich wusste, dass ich so schnell wie möglich von hier verschwinden sollte. Doch es gab da ein paar brennende Fragen, die ich noch loswerden wollte. »Diese Vampirfledermäuse, die mich angegriffen haben. Leben sie alle in Ihrem Schuppen?«

Mrs Lenchester befingerte einen Augenblick ihre Halskette, dann lächelte sie so verschämt wie ein schüchternes Schulmädchen, das gerade zum Tanzen aufgefordert worden war. »Habe ich nicht ein Glück? Nachdem ich Fergus verloren hatte, war ich sehr einsam«, sagte sie und starrte den spindeldürren, hageren Mann auf dem Porträt an. »Manchmal denke ich, dass es nichts Furchterregenderes gibt als Einsamkeit. Aber jetzt habe ich so viel Nachwuchs um mich herum und alle zählen sie auf meinen Rat und meine Führung.«

Ich kapierte, dass sie mit »Nachwuchs« die jungen tödlichen Vampire meinte. Genau wie Markus und ich befürchtet hatten, kamen immer mehr von ihnen an. »Führung wohin?«, fragte ich.

»In die Zukunft«, sagte Mrs Lenchester unbestimmt. »Sie kommen und gehen, erledigen viele kleine Dinge für mich. Nichts ist ihnen zu mühsam und sie sind voller Tatendrang. Da bleibt es nicht aus, dass sie manchmal ein wenig über die Stränge schlagen.« Sie kicherte voller Zuneigung.

»Ich vermute, dass sie es auch letzte Nacht übertrieben haben, als sie Jean Paul angriffen«, gab ich schnippisch zurück.

Mrs Lenchester seufzte schwer. »Ich fürchte, das haben sie. Aber dieser junge Mensch wurde zusehends lästiger. Er hat sogar versucht, mit deinem sogenannten Freund telepathisch zu kommunizieren, damit er sein Gedächtnis wiedererlangt. Das konnten wir natürlich nicht zulassen, also mussten wir ihm eine klitzekleine Warnung zukommen lassen.«

»Eine *klitzekleine Warnung*? Der arme Jean Paul konnte kaum noch laufen, als sie mit ihm fertig waren.«

Mrs Lenchester hätte nicht unschuldiger dreinschauen können.

»Warum wollten Sie nicht, dass er Markus hilft, sein Gedächtnis wiederzufinden?«, fragte ich.

»Ich werde versuchen, alle deine Fragen zu beantworten, sobald wir unseren Tee getrunken haben. Du musst am Verdursten sein. Ich jedenfalls bin es.« Sie ging zum Tisch, auf dem eine riesige silberne Teekanne stand.

»Danke nein, ich möchte keinen Tee«, versicherte ich.

Mrs Lenchester wirkte überrascht und verletzt, doch dann gluckste sie auf merkwürdige Art. »Es sind keine Drogen oder Ähnliches drin, meine Liebe, falls es das ist, was dir Sorgen macht. Wenn ich vorgehabt hätte, dir etwas anzutun, dann hätte ich im Schuppen einfach meine übereifrigen jungen Freunde weitermachen lassen können. Aber dafür bist du viel zu wichtig. Und ich habe aufregende Neuigkeiten für dich.«

Skeptisch hob ich eine Augenbraue.

»Du wirst wirklich aus dem Häuschen sein, wenn ich sie dir erzähle.« Sie gluckste erneut. »Weißt du was, ich lass dich einfach aussuchen, welche Tasse du haben möchtest, denn es ist in beiden das Gleiche drin.«

Ich nahm die blau geblümte Tasse rechts. Mrs Lenchester nahm die andere und nippte an ihrem Tee. Sie beobachtete mich bei meinem ersten Schluck und lachte erfreut. Ich staunte erneut darüber, um wie viel jünger sie erschien.

Als hätte sie meine Gedanken gelesen, sagte sie: »Ich sehe gut aus, nicht wahr?«

Ich musste zugeben, dass es stimmte.

»Ich weiß noch, wie müde ich war, meist sogar zu müde zum Sprechen. Aber jetzt fühle ich mich von Tag zu Tag besser.«

Ich stellte meine Tasse ab. Der Tee war sehr süß. »Und alles dank Menschenblut, vermute ich.«

»Oh ja, einzig und allein«, sagte sie. »Natürlich ist es so scheußlich, als würde man Medizin nehmen, aber es hat mir unendlich gutgetan. Und es wird immer besser ...« Sie sah mich jetzt unverwandt mit leicht geneigtem Kopf an. »Ich habe deinem sogenannten Freund gesagt« – sie spie diese Worte ganz verächtlich aus –, »dass wir siegreich zurückkehren werden, und endlich we–«

Sie hielt unvermittelt inne. Die Sonne, die bislang sanft hereingelinst hatte, badete den Raum plötzlich in Licht. Die Wände schienen vor Entsetzen zu zittern, als die wahre Natur des Zimmers offenbar wurde: Es war wie eine Mischung aus Gerümpelladen und Zeitkapsel. Hier drin gab es weder einen Computer noch einen Laptop, nicht mal einen Fernseher. Alles schien veraltet und verstaubt zu sein. Die moderne Welt war komplett ausgeschlossen.

Da fiel mir auch auf, wie totenstill es war. Man hörte kein Geräusch von draußen, keinen vorbeirauschenden Verkehr. Selbst das Vogelgezwitscher war verstummt. Es war, als säßen die

Vögel alle starr und still auf ihren Ästen und warteten auf ... was eigentlich?

Mrs Lenchester stakte zu den Gardinen und zog sie fest zu. Ich spürte etwas an meinem Gesicht vorbeihuschen. Es war nur der Hauch einer Berührung, aber ich wusste mit Sicherheit, dass noch etwas im Raum war.

Mit einem Mal hatte ich noch größere Angst als vorhin im Schuppen, ohne so recht zu wissen, warum.

»Ich muss jetzt gehen«, sagte ich. Ich versuchte, zuversichtlicher und selbstsicherer zu klingen, als ich war, doch noch während ich es sagte, ergriff ein Angstzittern von mir Besitz und jagte durch meinen ganzen Körper.

Mrs Lenchester stand lächelnd über mir. »Mein Besucher hat dich wohl erschreckt.« Sie deutete in eine Ecke an der Zimmerdecke. »Komm her, zeig dich.«

Sofort flatterten dunkle Flügel herum.

»Keine Sorge, das ist kein Todesengel.« Mrs Lenchester lachte gackernd. Dann streckte sie eine Hand aus. Augenblicklich segelte eine Fledermaus herbei und landete darauf wie ein zahmer Vogel. »Die jungen Dinger sind so gern in unserer Nähe.« Sie gurrte dem Flugtier zu: »Aber du hast meinen wichtigen Gast erschreckt. Also troll dich, du neugieriger kleiner Teufel.«

Schon hob die Fledermaus von ihrer Hand ab und verschwand.

»Er ist ziemlich neugierig, so wie alle. Sie wollen wissen, wieso ich einem Menschen« – sofort wurden Mrs Lenchesters Gesichtszüge hart und verkniffen – »Zutritt in mein Heim gewährt habe. Aber ich habe auf dich gewartet.«

»Auf mich gewartet?«, echote ich.

»Oh ja, ich habe Rufus als Boten ausgesandt. Natürlich dachte ich, du würdest an meine Tür klopfen und nicht hintenrum in meinen Schuppen schleichen. Aber egal, jetzt bist du ja hier.«

Ich wollte gerade noch mal sagen, dass ich jetzt gehen musste, als Mrs Lenchester unerwartet hinzufügte: »Was für ein Glück du hast, dass du nicht so ein Leben wie die langweiligen, gewöhnlichen Sterblichen führen musst. Du hast dir besonders große Mühe gegeben, dich anzupassen, nicht wahr?«

Und weißt du was, ich hätte beinahe, *beinahe* zustimmend genickt.

»Die Menschen behandeln dich wie ein Wesen aus einer anderen Welt, habe ich recht?«

Diesmal konnte ich das Nicken nicht unterdrücken. Aber woher in aller Welt wusste sie das? Es war, als könnte sie direkt in mein Leben blicken. Ohne es zu wollen, war ich beeindruckt.

»Wenn du willst, kannst du gerne weiter versuchen, dich anzupassen. Aber was bringt dir das? Nur, dass alle Menschen dir deine Einzigartigkeit austreiben werden, sonst nichts. Es gibt nur einen Platz, wo du hingehörst, und der ist hier bei uns.«

Was sagte sie da Entsetzliches? Doch ich war nicht halb so schockiert, wie ich erwartet hätte (oder wie ich hätte sein sollen).

»Nur wir können dir ein wahrlich wertvolles Geschenk machen«, fuhr sie fort. »Nur wir können dir helfen, all das zu sein, was du wirklich bist.« Sie stand jetzt mit ernster Miene direkt vor mir. »Denn du gehörst zu den Goldenen.«

»Den Goldenen ...?« Was war das denn jetzt für ein Unsinn? Ich glaubte natürlich kein Wort von dem, was Mrs Lenchester verzapfte. Aber sie verstand es, Seemannsgarn zu spinnen. Und ich war irgendwie fasziniert. Also fügte ich leichthin an: »Ach, und wer sind diese Goldenen?«

»Das sind die Menschen, die in dieser Welt nicht richtig zu Hause sind. Sie leben für gewöhnlich isoliert – so wie du – und erkranken an seltsamen, rätselhaften Symptomen. Ich weiß, dass es dir auch so ergangen ist. Das kommt daher, dass dein Körper gegen das Leben als Mensch rebelliert und all seine ungenutzten magischen Kräfte entfalten will.«

»Wollen Sie damit sagen«, meinte ich gedehnt, »dass ich magische Kräfte habe?«

»Ja natürlich. Tatsächlich birst du förmlich vor Magie – aber du glaubst mir nicht, wie es scheint.«

»Kein bisschen.«

»Nun, dann werde ich dir eine kurze Demonstration geben. Steh auf, Liebes, und mach dich auf etwas Erstaunliches gefasst.«

11. KAPITEL
REINE MAGIE

Ich erhob mich voller Misstrauen.

Mrs Lenchester tapste zum reich verzierten Kaminsims. Sie nahm ein Kästchen hoch und holte einen goldenen Talisman heraus, wie man ihn als Anhänger an Armbändern findet. Er sah sehr alt aus und war am Rand mit kleinen Diamanten verziert. »Streck deine rechte Hand aus«, sagte sie und reichte mir den Talisman. »Halte ihn und schließe die Hand so fest du kannst.«

Sollte ich das wirklich tun? Ich wusste es echt nicht. Aber ich war sehr neugierig und ehrlich gesagt tierisch aufgeregt, deshalb machte ich, was sie sagte.

»Jetzt halte ihn weiter fest«, sagte Mrs Lenchester, »und denke dabei an nichts.«

Das war schwer, zumal mein Herz wild klopfte. Die ganze Zeit sagte ich zu mir selbst: *Ich weiß, dass du fasziniert bist, aber bleib wachsam. Du kannst ihr nicht trauen.*

Mrs Lenchester stand jetzt reglos da, und ihre Stimme war kaum mehr als ein Flüstern, als sie sagte: »Jetzt sprich mir nach: *Ich bin die Goldene.*«

»Ich bin die Goldene«, sagte ich.

»Und jetzt so, als ob du es wirklich meinen würdest.«

»Ich bin die Goldene«, wiederholte ich.

»Und nun halte den Talisman weiter in deiner rechten Hand und schnippe mit der Linken so fest du kannst.«

Das erschien mir alles recht harmlos, also befolgte ich ganz vorsichtig ihre Anweisungen.

»Und nun sag: *Feuer entflamme.*«

Ich hatte es kaum getan, da begannen die Finger meiner linken Hand sich von selbst zu bewegen, so als würden sie gar nicht zu mir gehören. Sie drehten und krümmten sich ganz von allein. Dann schossen winzige blaue Flammen aus den Fingerspitzen. Sie flackerten für ein oder zwei Sekunden wie kleine Kerzen. Es war wirklich unglaublich.

»Möchtest du es noch einmal versuchen?«, fragte Mrs Lenchester.

»Ja, okay«, sagte ich und konnte kaum die Aufregung in meiner Stimme zurückhalten.

»Nun, du weißt, was du tun musst. Und immer schön den goldenen Talisman in der rechten Hand festhalten.«

Also schnippte ich mit den Fingern und sagte selbstsicherer als vorhin: »Feuer entflamme.« Wieder wanden und krümmten sich meine Finger. Und dann schossen blaue Flammen aus meinen Fingerspitzen durch den Raum. Sie flogen bis zur Decke, wo sie flackerten, bevor sie sich auflösten.

Nachdem sie verschwunden waren, keuchte ich: »Das habe *ich* gemacht?« Ich war völlig verblüfft und entzückt, dass ich etwas Magisches vollbracht hatte. »Das war aber kein richtiges Feuer«, sagte ich.

Mrs Lenchester lächelte zurückhaltend. »Nein, es war eine Illusion, wie es Magie meistens ist. Aber wenn du übst, wird dir sehr viel mehr gelingen als das.« Ihre Stimme schwoll enthusiastisch an. »Wenn du es übst, könntest du einen Feuerball direkt in das Gesicht von jemandem schleudern, der dich geärgert hat. Und Menschen ärgern dich oft, nicht wahr?«

»Ja, ständig.« Ich grinste. »Und sie ärgern sich auch dann über mich, wenn ich es gar nicht beabsichtigt habe.«

Mrs Lenchester ließ ein gackerndes Lachen hören, das seltsam ansteckend wirkte. Ich fing ebenfalls zu lachen an. »Und jetzt verrate mir«, sagte sie in leisem, vertraulichem Tonfall, »ob es irgendwelche Menschen gibt, denen du einen Feuerball schicken möchtest.«

»Allerdings«, sagte ich prompt. »Da wären schon mal die ganzen eingebildeten Mädchen in meiner Klasse.«

Mrs Lenchester lachte erneut. »So ein Feuerball hält vielleicht nur ein paar Sekunden, aber er wird sie zu Tode erschrecken. Und wer wird ihnen danach wohl glauben, was sie gesehen haben? Niemand. Aber sie werden wissen, dass du jemand bist, den man besser mit Respekt behandelt.«

»Und danach werden sie nie wieder abfällige Bemerkungen über mich machen.«

»Das würden sie nicht wagen«, stimmte Mrs Lenchester mir zu.

Einen Moment standen wir beide da und sonnten uns in meiner neuen Macht. Ich musste mich in Gedanken rütteln, denn ich durfte mich da nicht hineinziehen lassen. »Ich gebe Ihnen den goldenen Talisman jetzt wohl besser zurück«, sagte ich ruhig, als ich ihn Mrs Lenchester reichte.

Sie schnappte ihn aus meiner Hand.

»Ist er sehr wertvoll?«, fragte ich.

»Für dich unbezahlbar«, sagte sie. »Er würde dir so sehr helfen. Eine Million Menschen hätten den Talisman in die Hand nehmen und nie auch nur das winzigste Flämmchen herbeizaubern können. Genau wie sie unseren Vampirschrei vor ein paar Nächten nicht gehört hätten. Doch *du* hast ihn gehört, nicht wahr?«

»Ja, habe ich«, gab ich zu. Ich erinnerte mich, dass ich mich gewundert hatte, warum der Rest meiner Familie davon nicht aufgewacht war. Ich hatte also recht gehabt, dass ich ihn als Einzige wahrgenommen hatte.

»Das war sozusagen unser kleiner Test für dich«, erklärte Mrs Lenchester. »Der Ruf hat dir keine Ruhe gelassen, stimmt's? Du musstest in jener Nacht rausgehen – du konntest dem Drang nicht widerstehen.«

Sie hatte recht, ich hatte wirklich nicht widerstehen können.

»Wir dachten uns schon, dass du vor dem Haus deines sogenannten Freundes diesem jungen Mann begegnen und ihn für uns ablenken würdest.« Mir fiel auf, dass sie Markus nie beim Namen nannte, sondern ihn nur als meinen »sogenannten Freund« bezeichnete. »Was aber noch wichtiger war, wir hatten damit den endgültigen Beweis, dass du tatsächlich eine der Goldenen bist, dieser seltenen Menschen mit besonderen magischen Kräften. Natürlich liegen diese Kräfte alle in dir brach. Aber wenn du es möchtest, kann ich dir helfen, sie zu entfalten.« Sie schlang den Arm um meine Schultern. »Und du hast jetzt gespürt, dass eine neue Kraft in dir zum Leben erwacht ist, nicht wahr, meine Liebe?«

Tja, das konnte ich nicht leugnen. Allein der Gedanke, dass ich besondere magische Kräfte hatte – *ich!* –, war unglaublich. Und wenn ich sie entwickelte, dann würde ich es allen zeigen.

Damit konnten mein Bruder und meine Schwester nicht mehr mithalten. Ich war so euphorisch, als hätte ich fünfzig Sportpokale gewonnen und fünfzig Prüfungen bestanden, alle auf einmal.

Mrs Lenchester säuselte mir leise ins Ohr: »Du wirst mich jetzt öfter besuchen. Hier liegt deine Zukunft, nicht bei den Menschen. Du kannst keinem von ihnen trauen.«

Das stimmte. Selbst Markus hatte mich enttäuscht, weil er so unzuverlässig geworden war. Aber ich durfte nicht vergessen, dass ich auch Mrs Lenchester nicht trauen konnte. Es könnte sogar sein, dass sie die ganze Geschichte, ich sei eine der Goldenen, nur erfunden hatte. Wahrscheinlich war es so. Auf jeden Fall war sie keine harmlose Magierin. Sie war ein gemeiner, bösartiger tödlicher Vampir, der sich von Menschenblut ernährte. Als ich ihr das letzte Mal begegnet war, hatte sie versucht, mich umzubringen.

Als könnte sie meine Gedanken lesen, sagte sie: »Wir hatten keinen guten Start miteinander, oder, Liebes?«

Ich hätte beinahe laut aufgelacht. So konnte man es natürlich auch ausdrücken.

»Aber es war dein sogenannter Freund, der mich zur Weißglut gebracht hat. Von jetzt an wird zwischen uns beiden alles anders werden. Darauf gebe ich dir mein Wort.«

Ihr Wort, dachte ich verächtlich.

»Das bedeutet mehr, als dir bewusst ist«, sagte Mrs Lenchester. »Vampire können nicht lieben. Wir sind zu solchen Gefühlen nicht fähig – die überlassen wir den Menschen«, meinte sie geringschätzig. »Da kannst du mal sehen, wie aufrichtig ich zu dir bin. Ich respektiere dich nämlich. Und Respekt, den man sich verdient hat, hält bei uns länger als die Liebe der Menschen. Ich denke, du hast selber erkannt, wie launisch die Menschen sind.«

Das traf mich sehr. Ich musste wieder an Markus denken und daran, wie nahe wir uns früher gestanden hatten. Jetzt wollte er seine Zeit offensichtlich lieber mit Gracie verbringen als mit mir.

»Oh ja, uns Vampiren entgeht nichts, besonders jetzt, wo so viele junge, enthusiastische Helfer sich bei Tag hinauswagen und für uns die Augen offen halten. Aus diesem Grund ist unser Respekt so wertvoll. Nur etwa alle fünfzig Jahre entdecke ich einen Menschen, den ich respektiere.« Ich fragte mich, was wohl aus dem letzten Menschen geworden war, den Mrs Lenchester entdeckt hatte. »Du bist einer dieser sehr seltenen Menschen. Du kannst dir meinen Respekt für alle Ewigkeit verdienen, wenn du uns jetzt einen kleinen Gefallen tust. Möchtest du wissen, worum es sich handelt?«

Ich traute ihr immer noch nicht – klare Sache –, aber ich war unfassbar neugierig, darum nickte ich.

»Es ist ganz einfach«, sagte Mrs Lenchester. »Ich, oder vielmehr wir, möchten einfach nur, dass du mit deinem sogenannten Freund erst nach dem 15. , also übermorgen, wieder Kontakt aufnimmst.«

Der 15. Das Datum klang irgendwie bekannt. Dann fiel es mir ein: Das war der Tag, an dem laut Jean Paul die tödlichen Vampire ihren entsetzlichen neuen Plan in die Tat umsetzen würden! Ich hielt mein Gesicht ausdruckslos und versuchte, sie nicht merken zu lassen, dass mir der Tag etwas sagte.

Ich wartete, ob sie noch mehr verraten würde, aber sie meinte nur: »Das ist alles. Wir möchten, dass du dich heute und morgen von ihm fernhältst. Bloß zwei Tage lang. Nichts weiter.« Sie bemerkte mein überraschtes Gesicht und kicherte. »Also genau genommen musst du einfach absolut nichts tun, meine Liebe.«

»Und wenn die zwei Tage vorbei sind?«, wollte ich wissen.

»Dann kannst du so viel Zeit mit ihm verbringen, wie du ertragen kannst.«

Ich tat so, als wäre ich neugierig. »Was passiert denn morgen?«

»Das werde ich dir verraten, wenn du dir meinen vollen Respekt verdient hast. Im Moment kann ich nicht mehr sagen. Denkst du also, dass du uns diesen kleinen Gefallen tun kannst?« Das Lächeln verschwand und ihr Blick wurde scharf und durchdringend. »Ich möchte von dir allerdings in diesem Augenblick noch keine Antwort.«

Das war schon wieder eine Überraschung.

»Ich weiß, dass du Zeit brauchen wirst, um darüber nachzudenken. Sag jetzt also nichts Übereiltes. Aber wärst du so nett, gegen halb fünf vorbeizukommen, falls du bereit bist, mir diesen kleinen Gefallen zu tun? Um diese Uhrzeit gibt es hier Tee und alles kommt zur Ruhe.«

»Okay«, sagte ich langsam.

»Als Gegenleistung werde ich dir dann den goldenen Talisman geben.«

Ich schnappte nach Luft.

»Oh ja, er wird dir gehören – und ich werde dir außerdem beibringen, wie man ihn richtig benutzt. Und dann wirst du über Kräfte verfügen, von denen andere Menschen nur träumen können. Du wirst wirklich eine der Goldenen sein.«

»Und ich muss dafür nichts weiter tun, als herzukommen

und zu sagen, dass ich Markus erst nach dem 15. wieder besuchen werde?«

Mrs Lenchester sah jetzt so zufrieden aus wie eine Katze vor einem Topf Sahne. »Das ist alles.«

»Und falls ich nicht komme?«, erkundigte ich mich.

Mrs Lenchester stand wieder stocksteif da und fixierte mich aus ihren runzligen Augenhöhlen. »Wenn man einen Vampir hintergeht, dann übersteigt seine Wut dein Vorstellungsvermögen. Wir sind sehr gefährliche Feinde. Sei niemals so dumm, uns zu unterschätzen. Gerade in diesem Augenblick befindet sich einer der Menschen, die dir besonders nahestehen, im Nachbarhaus.«

»Wer?«, wollte ich wissen.

Doch Mrs Lenchester wich der Frage aus. »Oh, keine Sorge, diese Person ist absolut in Sicherheit. Sie ist bei meiner Großnichte. Sie könnte eigentlich sogar meine Großgroßgroßnichte sein – ich bin ja schon uralt.« Wieder ein gackerndes Lachen. »Auch wenn man es mir nicht mehr ansieht, nicht wahr? Jedenfalls ist Andrea nebenan eingezogen. Es ist herrlich, von jungen Leuten umgeben zu sein. Und sie ist so eine eifrige Gärtnerin. Sie hat zuerst den Garten hinter meinem Haus auf Vordermann gebracht – wahre Wunder hat sie bewirkt. Sie wusste, wie wichtig es mir ist, dass er besonders schön aussieht. Ein kleiner Willkommensgruß für –« Sie brach ab und ich sah sie fragend an, aber sie sagte nur: »Andrea ist darüber hinaus eine hervorragende Malerin.«

»Hat sie dieses Bild gemalt?«, fragte ich und deutete dabei mit einem Kopfnicken auf das Porträt von Mrs Lenchester und Fergus.

»Ja, ist es nicht atemberaubend?«, schwärmte Mrs Lenchester. »Und jetzt verschönert sie ihren eigenen Vorgarten mit der Hilfe einer Person, die dir sehr nahesteht.«

Das ergab immer noch keinen Sinn. »Aber wer …?«, setzte ich an und fügte dann hinzu: »Ist es Markus?«

»Dass du immer wieder an diesen jungen Mann denken musst! Nein, es ist jemand, der viel sympathischer ist. Vielleicht möchtest du selber mal schauen. Ich will dich ja nicht zum Gehen drängen …«

»Nein, ich möchte wissen, wer es ist«, sagte ich. Ich war besorgt und unglaublich neugierig, wer da nebenan sein mochte. Und was er oder sie dort überhaupt verloren hatte.

12. KAPITEL

IN ERNSTEN SCHWIERIGKEITEN

Im Flur begann eine Katze, sich an Mrs Lenchesters Waden zu reiben und dabei hingebungsvoll zu schnurren. Es war Rufus. »Ja, Tallulah ist wieder zurückgekehrt«, sagte Mrs Lenchester.

Rufus hielt inne und glotzte mich an. »Wir sind jetzt sehr in Eile, mein Lieber«, redete Mrs Lenchester weiter mit Rufus. »Ich bin sicher, du und Tallulah werdet später noch viel Zeit haben, euch zu unterhalten.«

Draußen stand eine junge Frau gebückt in ihrem Vorgarten und pflanzte einen großen Rosenstock ein. »Ja, ich glaube, du hast genau den richtigen Platz dafür ausgesucht. Vielen Dank.«

»Oh, ich weiß alles über Blumen«, meldete sich eine Stimme, die ich bestens kannte. »Ich bin für den Schulgarten verantwortlich. Nun, eigentlich zusammen mit einem anderen Mädchen, aber ich mache dabei das meiste.«

Glynis.

Um Himmels willen, wie kam sie denn hierher? Angst und Entsetzen glühten so heiß in mir, dass ich nur »Glynis!« rufen konnte.

Glynis lächelte mir triumphierend zu. »Das hast du nicht erwartet, mich hier zu sehen, was? Ich habe Andy geholfen.«

»Und wie!« Die junge Frau richtete sich auf. Sie hatte lange, schwarz gefärbte Haare und dicke, schwarz angemalte Augenbrauen, die sie wie eine erschrockene Puppe aussehen ließen. Ihr Kopf war riesig und erschien viel zu groß für ihren spindeldürren Körper. Sie lächelte, aber das Lächeln erreichte nicht ihre tiefschwarzen Augen.

»Du heißt Andy?«, fragte ich langsam.

»Mir gefällt Andrea nicht, darum bevorzuge ich den Spitznamen«, erklärte sie.

Ich hatte den Namen natürlich schon gehört. »Und du arbeitest in *Mad About Monsters.*«

»Stimmt, aber nur in Teilzeit«, sagte sie ruhig. »Ich versuche mich auf vielen Gebieten.«

»Das kann man wohl sagen«, gurrte Mrs Lenchester. »Ein Mädchen mit außerordentlichen Talenten.«

Andy bog ihren Mund zu einem Lächeln zurecht, als sie sich runterbeugte und zu Glynis sagte: »Ich werde mir alle deine wunderbaren Ideen merken. Komm bald wieder vorbei.«

»Klar, das mache ich«, versicherte Glynis.

»Und schau beim nächsten Mal auch bei mir rein«, sagte Mrs Lenchester.

Ich wollte nicht, dass das jemals geschah, also sagte ich schnell: »Wir müssen gehen.«

»Es war schön, über alte Zeiten zu plaudern«, sagte Mrs Lenchester. »Und ich bitte nochmals um Verzeihung, dass einige meiner jungen Gäste etwas übereifrig waren.« Dann zischte sie mir ins Ohr: »Und falls du wegen des kleinen Gefallens später vorbeischauen würdest, wäre ich dir zu großem Dank verpflichtet.«

Sobald wir außer Hörweite waren, wollte ich von Glynis wissen: »Was hattest du dort verloren?«

Glynis antwortete nur vergnügt: »Du steckst ganz schön in Schwierigkeiten.«

»Wieso?«

»Weil ich alles über dich weiß.«

»Was quiekst du da für Unsinn?«

Sie senkte die Stimme. »Du hast dich nachts heimlich davongeschlichen, um Markus zu besuchen – das brauchst du gar nicht zu leugnen. Ich habe dich gehört. Du bist nicht besonders leise, musst du wissen.«

»Doch, das bin ich.« Ich war schwer beleidigt – ich war schließlich eine professionelle Vampir-Jägerin.

»Ich bin dann aufgeblieben, bis du wieder zurückgekommen bist – viele Stunden später. Du und Markus, ihr habt wohl einen geheimen Treffpunkt, wo er dich abknutscht.«

»Du redest kompletten Unsinn«, protestierte ich schwach.

»Heute Morgen hätte ich mit meiner drittbesten Freundin Emma zum Schwimmunterricht gehen sollen. Aber stattdessen bin ich dir gefolgt. Du warst auf dem Weg zu Markus, aber dann hast du gesehen, wie ein anderes Mädchen in sein Haus ging. Betrügt er dich? Du kannst mit mir über Jungs reden, ich bin sehr erfahren.« Sie ergänzte: »Dann bin ich dir zu diesem Cottage gefolgt, und als du drin warst, habe ich Andy in ihrem Garten arbeiten sehen und habe beschlossen, sie anzusprechen. Die alte Dame ist wohl die Oma von Markus, stimmt's?«

»Nicht direkt«, sagte ich vage. Wie sollte ich nur erklären, woher ich Mrs Lenchester kannte? Ich versuchte, mir eine brauchbare Geschichte auszudenken, aber mir fiel überhaupt nichts ein – ich war immer noch zu benommen, weil die Vampirwelt plötzlich meinen ganz normalen Alltag überrollte. »Sie ist nur eine Bekannte«, meinte ich schließlich.

Das war ziemlich dünn, aber Glynis schien es nicht zu kümmern, denn sie plapperte weiter. »Deine Mrs Lenchester« – ich zuckte dabei zusammen – »scheint sehr nett zu sein. Und Andy mag ich wirklich gern, selbst wenn sie einen Jungennamen hat. Ich werde Andy wieder besuchen.«

Ich blieb stehen. Mir stockte der Atem. »Nein, du wirst dort nicht mehr hingehen.«

»Doch, das werde ich, wenn ich möchte. Davon kannst du mich nicht abhalten. Vielleicht gehe ich sogar heute Nachmittag schon hin. Ja genau, das mache ich – außer, du gehst mit mir shoppen.«

»Heute kann ich nicht«, sagte ich schnell. Es gab viel zu viel, worüber ich nachdenken musste.

»Tja, dann muss ich Mum und Dad wohl von deinen nächtlichen Ausflügen erzählen. Sie werden die Wände hochgehen«, fügte Glynis vergnügt hinzu.

»Sie werden dir nicht glauben.«

»Doch, das werden sie.«

Ja, das würden sie. Ich sah Glynis an. »Vermutlich willst du, dass ich dir etwas kaufe.«

»Ja, bitte.«

»Ich habe leider nicht viel Geld.«

»Nimm einfach alles mit, was du hast.«

»Wenn ich das tue, versprichst du dann, dass du mir nicht mehr folgen wirst?« Und endlich ein eigenes Leben führst, hätte ich beinahe noch gesagt.

Glynis ließ es sich durch den Kopf gehen. »Vielleicht, wenn

du lange genug mit mir in den Läden bleibst. Und natürlich nur, wenn du mir ein nettes Geschenk kaufst.«

Als wir nach Hause kamen, hatte Mum gerade erfahren, dass Glynis nicht mit Emma schwimmen gegangen war. »Du hast Emmas Mum gesagt, dass du etwas mit Tallulah unternimmst?« Mums Stimme klang ungläubig.

»Ja, das habe ich ja auch, nicht wahr?«, sagte Glynis und drehte sich zu mir um.

»Hat sie«, räumte ich ein.

Mum blieb doch tatsächlich der Mund offen stehen. Sie war vor Verblüffung und Begeisterung ganz außer sich, als sie hörte, dass Glynis und ich am Nachmittag *gemeinsam* shoppen gehen würden.

»Schon gut, komm mal runter, Mum. Das ist kein Grund, den Tag zum Nationalfeiertag zu erklären«, sagte ich.

»Ich freu mich nur so sehr«, sagte Mum, »dass ihr endlich –«

»Wir auch«, unterbrach Glynis sie, die es sichtlich auskostete, dass sie jetzt ein bisschen Macht über mich hatte.

Aber ich war nicht so verärgert, wie sie meinte. Ich war viel zu sehr damit beschäftigt, mir alles durch den Kopf gehen zu lassen, was heute Vormittag passiert war. Besonders den Augenblick, als Mrs Lenchester gesagt hatte, ich sei eine der Goldenen, als sie mir den Talisman gab und ich Feuer aus dem Nichts erscheinen ließ. Natürlich wusste ich, dass ich Mrs Lenchester nicht trauen konnte. Sie war ein heimtückischer Vampir, um Himmels willen!

Und trotzdem.

Und trotzdem, NICHTS. Ich musste mich ernsthaft ermahnen. Ich war keine der Goldenen – die gab es wahrscheinlich nicht einmal, das musste eine der gigantischen Lügen sein, die Mrs Lenchester auftischte. Warum fiel es mir nur so schwer, das zu glauben?

Weil ich unbedingt eine von den Goldenen sein wollte. Darum. Die Wahrheit war: Ich konnte mir nichts Tolleres vorstellen, als magische Kräfte zu besitzen. Und ich hätte wetten können, dass Mrs Lenchester das wusste.

Wie schlau sie war. Sie hatte sich mit mir enorm Mühe gegeben, und das bewies, dass sie wirklich annahm, ich könnte ihren Plan durchkreuzen. Sie dachte, ich könnte Markus helfen, sich wieder zu erinnern. Und wenn er das tat – nun, dann würden wir morgen gemeinsam die tödlichen Vampire davon abhalten, ihren Plan – worin auch immer er bestand – in die Tat umzusetzen.

Aber viel Zeit blieb uns nicht.

Während Glynis sich also zum x-ten Mal umzog (sie konnte unmöglich heute Nachmittag in denselben Klamotten aus dem Haus gehen, die sie schon am Vormittag getragen hatte), rief ich Markus an. Ich redete mir ein, dass es mich kein bisschen kümmerte, ob Gracie noch bei ihm war. Diese Sache war jetzt mehr als dringend. Heute war der 14., also *musste* er sein Gedächtnis wiederfinden, sonst würde morgen etwas Entsetzliches passieren!

Doch dann traf es mich unerwartet, als Gracie an Markus' Handy ging. Was sollte das denn? Ich schaffte es, meinen aufwallenden Ärger runterzuschlucken. »Ich bin's, Tallulah«, sagte ich.

»Oh, hallo«, sagte Gracie. Sie klang nicht annähernd so überschwänglich wie sonst.

»Ich würde gern mit Markus sprechen«, fuhr ich fort.

»Okay, klar, ich versuche, ihn ans Telefon zu kriegen.«

Was meinte sie mit »Ich versuche, ihn ans Telefon zu kriegen«? Im Hintergrund hörte ich Stimmen. Gracie und Markus waren zusammen ausgegangen. Es klang, als wären sie in einem Café.

Gracie ging wieder ran. »Tut mir leid, aber Markus ist im Moment wirklich sehr beschäftigt. Kann er dich später zurückrufen?«

Mir blieb das Herz stehen. »Sag ihm ... sag ihm, wenn er dieses Jahr noch zurückruft, reicht es.«

Ich legte auf.

Für wen hielt sich Gracie, dass sie mir sagen konnte, Markus wäre »im Moment wirklich sehr beschäftigt«?

Und womit war er überhaupt beschäftigt? Ein Brötchen essen, mit Gracie Händchen halten? Ich wette, als ich anrief, hat Markus aufgestöhnt und gesagt: »Oh nein, nicht schon wieder diese Spinnerin. Schau, dass du sie irgendwie abwimmelst, Gracie.« Er hatte sich nicht mal die Mühe gemacht, mir selbst einen Korb zu geben. Gracie durfte die Drecksarbeit für ihn machen. Das war mehr als fies. Kein Wunder, dass ich mich fühlte, als hätte mir jemand in den Bauch geboxt. Es tat mehr weh als der Angriff der Fledermäuse. Es traf mich mitten ins Herz.

Plötzlich begann ich bitter zu lachen. Alles, was Mrs Lenchester von mir wollte, war, dass ich mich in den nächsten zwei Tagen von Markus fernhielt. Nun, im Moment sorgte er ganz allein dafür, dass ich dieses Versprechen einlöste.

Sollte er doch so weitermachen.

Ich brauchte Markus nicht.

Und es interessierte mich auch nicht, was die tödlichen Vampire für morgen planten. Irgendwann hat man einfach keine Lust mehr, die Welt zu retten.

Aber würde ich heute wirklich Mrs Lenchester zum Nachmittagstee besuchen?

Sie hatte mir den Talisman versprochen, falls ich kam.

Ich ging in meinem Zimmer auf und ab, bis Glynis hereingestürmt kam und wie eine wild gewordene Wespe herumsurrte. »Können wir den ganzen Nachmittag shoppen? Du hast doch nichts anderes vor, oder?«

»Erst nach halb fünf.«

»Und dann gehst du Markus besuchen?«, wollte sie wissen.

»Nein, dann schaue ich wieder bei Mrs Lenchester vorbei.« Das hatte ich laut ausgesprochen, um mich selbst herauszufordern.

Während ich das hier aufschreibe, würde ich mir gerne eine Warnung zurufen, um mich selbst zur Vernunft zu bringen.

Wenn ich nur irgendwie nachträglich verhindern könnte, dass ich den größten Fehler meines Lebens begehe ...

TEIL ZWEI

MARKUS

13. KAPITEL

DAS GRUSELIGSTE SPIELZEUG ALLER ZEITEN

DONNERSTAG, 14. APRIL
7.05 UHR

Ich bin wieder da!

Vor Aufregung bin ich ganz zappelig. Die Sache ist die, dass ich mich tatsächlich wieder an etwas erinnert habe, als ich heute früh aufgewacht bin. (Ich wache in letzter Zeit immer sehr früh auf. Seltsamerweise scheine ich viel weniger Schlaf zu brauchen als früher.)

Ich hatte einen Blog.

Und der begann am 30. September, also an meinem dreizehnten Geburtstag (dem Beginn meiner Erinnerungslücke). Ich habe seitenweise gebloggt und alles aufgeschrieben, was ich erlebt habe.

Das ist zweifellos die größte Entdeckung seit der Erfindung des Penicillins – nun, zumindest für mich.

Ich hasse es, dass sechs Monate meines Lebens einfach verschwunden sind. Es ist, als wäre ein Teil von mir gleich mitverschwunden, weswegen ich jetzt nicht vollständig da bin.

Doch das ist vorbei. Ich muss nur meinen Blog lesen und dann bin ich wieder auf dem Laufenden.

Happy End für alle.

Ich habe mich an noch etwas erinnert. Ja, ich bin echt nicht mehr zu bremsen. Ich habe meinen Blog mit einem supergeheimen Passwort gesichert, also muss ich da richtig aufregendes Zeug reingeschrieben haben.

Fortsetzung folgt.

7.20 UHR

Ich kann mich ganz genau an meinen Blog erinnern, bloß das supergeheime Passwort fällt mir nicht mehr ein. Ist das nicht typisch?

7.25 UHR

Ich glaube, jetzt weiß ich es wieder. Ich wette, es waren die Anfangsbuchstaben meines liebsten *James Bond*-Films.

7.28 UHR

Nein, doch nicht.

7.29 UHR

Leider auch nicht die Anfangsbuchstaben meines zweitliebsten *James Bond*-Films. Oder des drittliebsten.

7.31 UHR

Aber ich gebe nicht auf.

8.22 UHR

Ich habe aufgegeben, nachdem ich eine ganze Stunde meines Lebens damit verplempert habe, mich an dieses verflixte, bescheuerte ... Kein Wunder, dass mir der Kopf wie verrückt wehtut. Und ich bin keinen Schritt weiter.

8.45 UHR

Ich habe gerade meine Eltern gefragt, wie lange meine Amnesie noch dauern wird. Weißt du, was sie gesagt haben? »Oh, wir nennen es nicht *Amnesie.*« Auch »geistiger Blackout« oder »komplett vergesslicher Freak« gefällt ihnen nicht.

»Nein«, sagten sie, »das ist nur ein kleiner Zwischenfall.«

Ein kleiner Zwischenfall, der schon eine ganze Woche dauert.

Ein kleiner Zwischenfall, der mich vor Frust in den Wahnsinn treibt.

Ein kleiner Zwischenfall ... nun, du verstehst, was ich sagen will. Aber Mum und Dad sind gerade Meister darin, entspannt mit der Sache umzugehen. Sie legen wirklich eine erstklassige Vorstellung hin, das muss ich ihnen lassen. Die Sache ist nur die: Ich weiß, dass sie sich verstellen, und es wäre mir viel lieber, wenn sie aufrichtig zu mir wären.

9.05 UHR

Ich habe im Kühlschrank vorhin eine kleine Flasche gefunden, in der etwas drin war, das genau wie ... nun, Blut aussah. Ich sah mir das Zeug immer noch an, als Dad auftauchte. Ihm traten die Augen aus den Höhlen, als er mich erblickte. Dann erklärte er ganz ruhig, dass das Zeug in der Flasche seine Medizin sei.

»Du trinkst das also wirklich?«, fragte ich.

»Oh ja«, antwortete er.

Ich bat ihn, es mir zu beweisen. Also nahm er einen Schluck

davon, machte ein schmatzendes Geräusch und sagte, es sei »absolut köstlich«. Er klang sogar, als ob er es ehrlich meinte.

»Was für eine verrückte Medizin«, meinte ich. »Es sieht wirklich genauso aus, als würdest du Blut trinken.«

Darüber mussten wir beide lachen. Doch Dads Gesicht war dabei so rot wie diese Flasche.

9.20 UHR

Gracie kommt wieder vorbei. Ihre Besuche sind wirklich die einzigen Highlights in den letzten Tagen.

12.45 UHR

Man sollte meinen, einen riesigen Batzen seiner Erinnerungen zu vergessen, sei das Seltsamste, was einem passieren könnte.

Tja, ist es nicht. Nicht mehr.

Als Gracie kam, erschien sie mir verändert. Mum und Dad quatschten in einer Tour über ihre Einrichtungspläne für die neue Küche, und Gracie gab nicht einmal vor, dass es sie interessierte, so wie sie es normalerweise getan hätte (Gracie ist wahnsinnig höflich). Sie saß nur ganz benommen da. Völlig untypisch für Gracie.

Nachdem Gracies Mum fort war (sie hatte genug Interesse an der neuen Küche gezeigt, dass es für beide gereicht hat), lief Gracie eilig nach oben und stellte mir eine total merkwürdige Frage. »Wie kommst du mit deinem Jack Russell klar?«

Ich grinste. »Nun, ein Porzellanhund ist schon eine gewaltige Verantwortung. Aber ich gehe jeden Tag mit ihm Gassi. Du solltest uns sehen, wenn ich ihn an seiner winzigen Leine führe.«

Aber Gracie lächelte nicht. »Magst du ihn?«, fragte sie und klang dabei gehetzt. »Ich meine, manche Spielsachen haben eine positive Ausstrahlung – die meisten, schätze ich –, aber einige nicht.«

»Ist das ein positiver Hund?«, fragte ich und nahm Gracie immer noch nicht ernst. »Schauen wir doch mal.«

Und da passierte etwas wirklich Seltsames.

Ich sah nur beiläufig in diese schwarzen, aufgemalten Augen, als sich der Gesichtsausdruck des Hundes zu ändern schien. Mit einem Mal sah er böse aus, so als wollte er mir sagen, dass ich ihn nicht hochnehmen sollte. Witzig, was einem die Fantasie für Streiche spielen konnte, dachte ich.

Mir fiel außerdem auf, dass er sich plötzlich überraschend warm anfühlte. Er musste in der Sonne gestanden haben. Aber dann wurde der Porzellanhund noch heißer. Wie war das möglich? Überhaupt nicht. Er konnte nicht einfach von selbst heißer werden, außer ... Ich drehte ihn um und untersuchte ihn. Kein Batteriefach zu entdecken.

Es musste dafür eine völlig logische Erklärung geben. Noch während ich mich fragte, worin die bestehen könnte, heizte sich der Hund immer weiter auf. Ich musste ihn von einer Hand in die andere wechseln wie eine heiße Kastanie.

Schließlich konnte ich ihn überhaupt nicht mehr anfassen. Er fiel – man könnte fast sagen: er sprang – aus meinen Händen und landete auf dem Teppich.

Gracie lächelte schwach. »Hör endlich auf herumzualbern«, sagte sie.

»Du wirst es mir nicht glauben«, sagte ich, »aber dieser Hund hat mich gerade versengt.«

Ihre Stimme wurde schrill. »Machst du Witze?«

Also zeigte ich ihr meine Handflächen, damit sie sehen konnte, dass sie gerötet waren. Ein Ausdruck des Entsetzens huschte über ihr Gesicht. »Oh nein, was habe ich da angerichtet!«

Bevor ich Zeit hatte, darüber nachzugrübeln, was sie damit meinte, schoss sie vor und hob den Jack Russell auf.

»Sei vorsichtig!«, rief ich augenblicklich. Ich meine, wie absurd war das denn? Sei vorsichtig beim Aufheben eines Spielzeughunds!

Gracie wirkte wild entschlossen. »Er ist heiß«, fing sie an, »aber nicht zu –«

»Warte einen Augenblick.«

Dann begann der Hund sich in ihrer Hand zu winden. »Markus, das ist ...« Sie kreischte auf.

»Lass ihn fallen!«, schrie ich.

Im nächsten Augenblick flog er auf den Boden.

Gracie ließ sich sichtlich erschüttert auf mein Bett sinken.

»Bist du in Ordnung?«, fragte ich.

»Ein bisschen erschrocken.«

»Ganz schön heiß, der Hund, was?«

Gracie antwortete nicht. Sie starrte nur auf den Teppich.

»Denk einfach daran, dass es nur ein Porzellanhund ist«, sagte ich. »Es muss dafür eine logische Erklä–«

»Nein, muss es nicht«, unterbrach sie mich, während sie noch intensiver auf meinen Teppich starrte. »Nicht, wenn es ein verhexter Porzellanhund ist, wie in diesem Fall.«

»Das hattest du nie erwähnt.«

»Nein, hatte ich wohl nicht. Ich habe ihn bei *Mad About Monsters* gekauft.«

»Und hat man dir gesagt, dass er sich aufheizen könnte?«

»Oh nein, man hat mir etwas völlig anderes gesagt.«

»Jetzt kapiere ich überhaupt nichts mehr«, sagte ich.

»Ich bin nur zu *Mad About Monsters* gegangen, weil Flyer verteilt wurden, auf denen stand, dass es alles zum halben Preis gab.« Gracie redete in einem Tonfall, als würde sie ein Verbrechen gestehen – und sehr schnell. »Gleich am Eingang stand so ein Mädchen mit großen, starrenden Augen und hinter ihr waren diese Jack Russells. Sie hat ein Riesengetue um mich gemacht, darum dachte ich, die hätten Kunden bitter nötig. Dann sagte sie, ich sollte den Jack Russell mit den pechschwarzen Augen kaufen, denn er sei verhext.«

Gracie hielt kurz inne, schluckte schwer und redete dann noch schneller weiter.

»Sie sagte, wenn ich diesen Hund jemandem schenke, den ich mag, dann würde der Hund denjenigen verzaubern und er würde sich in mich verlieben. Sie sagte, dass ein Geschenk, das man mit Liebe macht, außerdem besondere Kräfte hätte.«

Sie lachte, also lachte ich mit.

»Ich meine, ich wusste ja, dass das Unsinn ist«, sagte sie.

»Klar«, stimmte ich zu. »Wenn Leute dir etwas verkaufen wollen, erzählen sie dir allen möglichen Käse.«

»Genau«, sagte Gracie.

»Ich hätte vermutlich auch einen gekauft«, meinte ich. »Vor allem zum halben Preis.«

»Hättest du das wirklich getan?«

»Unbedingt.«

»Danke, Markus«, murmelte sie und studierte weiterhin den Teppich.

Gracie warf einen Blick auf ihn, wie er da mitten auf dem Teppich lag. »Das würde ich ihm glatt zutrauen.« Auch sie hatte die Stimme zu einem Flüstern gesenkt.

»Es dauert auch nicht lange«, sagte ich. »Und denke nicht, du müsstest dich mit ihm unterhalten, während ich weg bin.«

Als ich die Treppe runterging, erschien mir die ganze Sache völlig absurd. Ein verhexter Spielzeughund. Ich hatte natürlich davon gehört, dass manche Menschen Gegenstände verhexen. Voodoo und all so was. Ich wusste, dass es möglich war, dass es schon gemacht worden war. Aber diese Menschen hatten dafür einen triftigen Grund gehabt. Meist ging es darum, Rache zu nehmen. Aber Gracie war nur zufällig in den Laden gegangen und hatte mit einer Fremden geredet. Und diese Fremde hatte dann behauptet, dieser Hund könnte jemanden mit einem Liebeszauber verhexen – ausgerechnet an dem Tag, als ich Gracie erzählt hatte, dass ich Tallulah gefragt hatte, ob sie mit mir gehen möchte.

Das Timing hätte nicht besser sein können, doch das konnte das Mädchen, das Gracie den Hund verkauft hatte, nicht wissen, oder?

All diese Gedanken purzelten in meinem Kopf herum, während ich die Treppe hinunter und in den Geräteschuppen hastete. Ich musste vier Schubladen aufziehen, bevor ich endlich Dads dickste, dreckigste Gartenhandschuhe fand. Mit denen sollte es klappen. Ich stopfte sie tief in meine Hosentaschen, denn ich wollte nicht, dass meine Eltern sich fragten, wieso ich mir plötzlich Dads Handschuhe borgte. Sie waren jedoch zu sehr in ihre Unterhaltung über neue Schränke vertieft, um mich zu bemerken. Ich eilte in mein Zimmer zurück.

»Immerhin hat er sich nicht bewegt und kein Loch in den Boden gebrannt«, sagte Gracie, »aber ich habe die ganze Zeit damit gerechnet, dass irgendetwas passiert.«

»Dann wird es höchste Zeit, dass ich den Hund aus dem Fenster befördere. Was für ein Glück, dass ich an unserer Schule der beste Werfer im Cricket-Team bin.«

»Das wusste ich gar nicht.«

»Ist absolut wahr.«

Sie lächelte. »Nein, ist es nicht.«

»Aber das wäre es sicher, wenn ich tatsächlich jemals Cricket gespielt hätte.« Ich laberte meinen üblichen Unsinn, doch in Wirklichkeit war ich höllisch aufgeregt. Als ich mich dem Jack Russell näherte, rollte ich die Schultern, als würde ich mich auf einen Kampf vorbereiten.

Schneller, als eine Schlange sich auf ihre Beute stürzt, sprang ich auf den Porzellanhund und packte ihn mit den Händen, die in den Handschuhen steckten. Dann hechtete ich zum Fenster, das Gracie bereits geöffnet hatte. Glühende Hitze drang durch die Handschuhe, obwohl sie so gut isoliert waren. Es tat höllisch weh, den Hund anzufassen. Ich hätte ihn beinahe noch einmal fallen lassen, aber irgendwie schaffte ich es, ihn lange genug zu halten, um ihn aus dem Fenster zu schleudern.

Wir beobachteten gemeinsam, wie er auf dem Rasen landete, dann knallten wir das Fenster zu.

»Verriegle es auch«, drängte mich Gracie.

Das tat ich, woraufhin sie sagte: »Wir dürfen ihn da nicht liegen lassen. Wir müssen ihn in den Müll tun.«

»Das wollte ich auch gerade vorschlagen«, sagte ich.

Normalerweise bin ich nicht unbedingt ein Mann der Tat.

Aber in diesem Augenblick fühlte ich mich anders. Es musste an dem Schock liegen oder daran, dass Gracie mich einen Superhelden genannt hatte. Mein Kopf war plötzlich viel klarer, und ich wusste genau, was ich zu tun hatte.

Wir polterten die Treppe runter und raus auf den Rasen. Der Spielzeughund war entzweigebrochen. »Lass mich ihn aufheben«, sagte ich, da ich immer noch die Handschuhe anhatte. Vorsichtig nahm ich seinen Kopf. »Alles klar, er ist überhaupt nicht mehr heiß.« Dann nahm ich das andere Stück.

»Wirf beide Teile in verschiedene Mülltonnen«, flüsterte Gracie.

»Denkst du, dass sie sich sonst auf magische Weise wieder miteinander verbinden?«, fragte ich.

»Ich möchte einfach kein Risiko eingehen«, fing Gracie an, dann zischte sie: »Wir werden beobachtet.«

Es war Mum, die zu uns rüberkam und sagte: »Was in aller Welt treibt ihr denn da?«

»Nichts Besonderes«, meinte ich ruhig. »Ich habe versehentlich den Porzellanhund aus dem Fenster gestoßen.«

»Doch nicht etwa den, den Gracie dir geschenkt hat?«, wollte Mum wissen.

»Genau den«, gestand ich.

»Oh, Markus«, rief Mum, »wie unvorsichtig. Aber weißt du was? Ich kann ihn vielleicht wieder zusammenkleben.«

»Nein, auf keinen Fall!«, kreischten Gracie und ich gleichzeitig und so laut, dass Mum uns anstarrte.

Hastig beteuerte ich: »Es ist nur, weil wir nicht wollen, dass du dir die Mühe machst, da du ja gerade so mit der neuen Küche beschäftigt bist.«

Mum sah mich an. »Markus, sind das Dads Handschuhe, die du da trägst?«

»Gut bemerkt, Mum«, sagte ich. »Und ich könnte wetten, dass du als Nächstes fragen wirst: *Warum*? Tja, das kann ich dir sagen. Es war Gracies Idee. Sie wollte sehen, wie mir Dads Handschuhe stehen, stimmt's, Gracie?«

»Ja, richtig.« Gracie unterdrückte ein Kichern.

»Wer weiß, was ich ihr zuliebe morgen anziehen muss. Wie auch immer, ich habe jetzt eine dringende Verabredung mit dem Mülleimer, Mum.«

»Und ich begleite dich«, sagte Gracie. Sie klang so eifrig, dass Mum uns beiden noch einen verwunderten Blick zuwarf, bevor sie in die Küche zurückging.

Ich verteilte die Überreste des Hunds auf zwei Mülleimer. Gracie bestand darauf, dass wir auf jeden Deckel einen Stein legten. »Nur um sicher zu sein, dass er nachts nicht wieder rauskrabbeln und sich zusammensetzen kann«, sagte Gracie. Sie grinste dabei über sich selbst und meinte dann: »Ich fände es schrecklich, wenn du nachts jemanden ans Fenster klopfen hörst, und wenn du dann den Vorhang wegziehst, siehst du ein Hundegesicht vor deiner Nase schweben.«

»Danke für dieses Bild, Gracie.« Ich fügte hinzu: »Aber noch schlimmer wäre es, wenn ich morgen aufwache und er stünde wieder auf dem Regal.«

»Oh, meinst du, es wäre möglich ...?«, begann Gracie.

»Nein, natürlich nicht«, sagte ich, »denn dieser Porzellanhund ist zerbrochen, kaputt und zerstört.«

Gracie seufzte. »Ich fühle mich grässlich.«

»Weil du mich verhexen wolltest«, neckte ich sie.

»Ich glaube, das ist das peinlichste Geständnis meines Lebens gewesen. Ich geh dann mal, bin aber bald zurück.«

»Wo gehst du hin?«

Meine Frage schien Gracie zu überraschen. »Natürlich zu *Mad About Monsters.*«

»Du willst wohl dein Geld zurück«, meinte ich leichthin.

»Ach, das Geld ist mir egal. Aber ich möchte ein paar Antworten von der Person, die mir diesen verhexten Spielzeughund verkauft hat, weil ...« Sie zögerte.

»Sprich weiter.«

»Nun, nachdem ich den verflixten Hund gekauft hatte, bin ich nicht gleich zu dir gegangen, weil mir etwas unbehaglich zumute war. Also bin ich noch mal in den Laden zurück, um zu sehen, ob auch jemand anders einen der Hunde kaufen würde. Da war das Mädchen verschwunden, obwohl noch genug Hunde auslagen. Nun frage ich mich, ob sie vielleicht auf mich gewartet hatte.«

»Aber was würde das denn für einen Sinn machen, nur dir einen zu verkaufen?«

»Genau das will ich herausfinden.«

»Ich darf also nicht mitkommen?«

»Wenn du unbedingt darauf bestehst, muss ich dich wohl mitnehmen«, sagte sie.

14. KAPITEL

KONFRONTATION IN MAD ABOUT MONSTERS

13.30 UHR

Mit eiligen Schritten, fast rennend, begaben wir uns zu *Mad About Monsters.*

Vor dem Laden angekommen, fragte ich Gracie: »Alles klar? Bist du bereit?«

»Ich stehe mächtig unter Strom«, sagte sie. »Ich glaube, ich bin noch nie so wild zu etwas entschlossen gewesen.«

Herbert Cheshire – der Besitzer mit der Augenklappe – packte gerade Waren aus, als wir zu ihm rübermarschierten. Er begrüßte uns überschwänglich. »Ah, du bist wieder da. Darf ich hoffen, dass ich dich zu einem Freund der Horrorwelt gemacht habe?«

»Eigentlich wollte meine Freundin Ihnen etwas sagen.«

»Hallo, meine Liebe«, sagte er und verbeugte sich in Gracies Richtung. »Herbert Cheshire, stets zu Ihren Diensten.«

Gracie runzelte die Stirn. »Ich wollte mit ihrer Assistentin sprechen.«

»Andy«, sagte er.

»Nein, es war ein Mädchen.«

»Das ist sie allerdings, aber sie mag es, wenn man sie Andy

nennt. Ich glaube, das war seit jeher ihr Spitzname«, sagte Herbert. »Bedauerlicherweise ist sie heute nicht im Laden –«

»Wo ist sie dann?«, fiel Gracie ihm etwas unhöflich ins Wort.

»Das weiß ich wirklich nicht, aber morgen wird sie den ganzen Tag hier sein, da ich nach London muss. Vielleicht kann ich dir ja helfen. Hoffe ich doch sehr.«

»Es geht um einen defekten Spielzeughund«, sagte sie.

»Defekt? In welcher Hinsicht?«, fragte Herbert.

»Er wird heiß, wenn man ihn anfasst«, erklärte Gracie.

Herbert schaute jetzt sehr verwirrt drein. Er lief zur Kasse rüber und nahm einen der kleinen Jack Russells hoch. »Einer von diesen Hunden wird heiß, wenn man ihn anfasst?«, wunderte er sich.

»Nicht, wenn man ihn anfasst, sondern wenn man ihn daheim irgendwo hingestellt hat und dann versucht, ihn von dort zu entfernen ...« Gracie verstummte, denn das klang alles ziemlich verrückt.

Herbert nahm weitere der Hunde in die Hand und untersuchte sie mit einem so verdutzten Gesichtsausdruck, dass ich am liebsten gelacht hätte. »Aber, meine Liebe, das sind nur ganz gewöhnliche Spielzeuge.«

»Der, den ich gekauft habe, nicht«, sagte Gracie. »Andy hat ihn mir als verhexten Hund verkauft. Sie sagte, er würde einen Liebeszauber bewirken bei dem Jungen, dem ich ihn schenke.«

Herbert schürzte missbilligend die Lippen. »Also, das war wirklich höchst ungezogen von ihr. Ich werde mit Andy ein Wörtchen darüber reden. Wahrscheinlich war es nur eine liebenswerte Schrulle von ihr. Aber nachdem sie dir solchen

Tobak erzählt hat, kann ich mir gut vorstellen, dass du dir einbildest –«

»Wir haben uns überhaupt nichts eingebildet«, beharrte Gracie.

In dem Moment bemerkte ich etwas. »Hey, da fällt mir etwas ein, das mir bei meinem letzten Besuch aufgefallen ist. Die ganzen Hunde hier haben andere Augen als meiner. Sie sind braun, aber mein Hund hatte schwarze Augen, die im Dunkeln geleuchtet haben.«

»Da musst du dich irren«, sagte Herbert. »Die Hunde hier haben alle die gleichen Augen.«

»Unserer aber nicht«, sagten Gracie und ich gleichzeitig.

»Könntet ihr ihn einfach vorbeibringen?«

Ein Schaudern ging durch meinen Körper. »Er ist zerbrochen und daheim im Müll.«

»Und ich möchte ihn nie wieder ansehen müssen«, sagte Gracie.

Herbert räusperte sich. »Wisst ihr, nichts bereitet mir mehr Kummer als unzufriedene Kunden, darum nehmt euch einfach etwas anderes aus dem Laden – egal was. Das dürft ihr als Entschädigung behalten. Ich bitte euch nicht mal um einen Kassenbon. Ich habe Vertrauen in die Menschen –«

»Nein, danke, ich möchte nichts«, unterbrach ihn Gracie. »Ich glaube, in Ihrem Laden laufen zwielichtige Dinge ab.«

»Das denke ich auch«, pflichtete ich ihr bei.

Herbert wirkte gekränkt. »Ich sage es noch einmal, das sind doch bloß kleine Spielzeughunde – die harmlosesten Kreaturen in meinem Laden. Und ich weiß, dass Andy bestürzt wäre, wenn eine Bemerkung, die sie zum Spaß gemacht hat –«

»Das war kein Spaß«, sagte Gracie. »Und wenn ich Sie wäre, würde ich morgen lieber nicht nach London fahren. Ich würde sie beobachten.« Mit diesen Worten stapfte Gracie davon und ließ Herbert Cheshire mit offenem Mund zurück.

Draußen sagte Gracie zu mir: »Meinst du, er hängt in der Sache mit drin?«

»In dem Fall wäre er ein richtig guter Schauspieler.« Dann lächelte ich. »Eins weiß ich – mit dir würde ich mich lieber nicht anlegen.«

»Ich werde sonst nie so wütend«, erwiderte Gracie, »aber ich hasse es, dass jemand mich benutzt hat, weil er dir schaden wollte.«

Ich starrte sie an. »Aber warum sollte jemand – wer auch immer das sein mag – mir schaden wollen? Ich bin nichts Besonderes, abgesehen natürlich von meinem Charme, meinem guten Aussehen und meiner Bescheidenheit.«

Damit brachte ich Gracie nicht zum Lächeln. Sie sah weiterhin todernst aus. »Ich gehe später noch mal zu *Mad About Monsters* und stelle dem Kerl noch ein paar Fragen.«

Fürs Erste beschlossen wir jedoch, eine kleine Pause zu machen und in die *Hinton Tea Rooms* zu gehen. Das ist der uncoolste Ort, den man hier besuchen kann. Die Kellnerinnen tragen weiße Blusen und schwarze Röcke, die Gäste unterhalten sich in gedämpftem Tonfall und hin und wieder hört man eine Teetasse klirren. Aber das Essen ist köstlich – besonders die hausgemachten Kuchen, die man an der Theke aussuchen kann.

Gracie bestand darauf, sich in der langen Schlange anzustellen, um unsere Bananenkuchen zu kaufen, während ich einen

Tisch für uns reservierte. Da sitze ich jetzt und schreibe das auf, denke über den merkwürdigsten Morgen meines Lebens nach und ...

Wow. Das war gerade seltsam. Kennst du das Gefühl, wenn man auf dem Jahrmarkt gerade aus einem sehr schnellen Fahrgeschäft gestiegen ist und einem schwindelig ist und auch ein bisschen schlecht? Genauso fühle ich mich gerade – nur ohne dass ich irgendeine Attraktion gefahren bin.

Mir ist so schwindelig, dass ich einen Moment aufhören muss zu schreiben.

15. KAPITEL

ALTERN IM ZEITRAFFER

16.05 UHR

Mir war immer noch schwindelig und übel, bis ich die Augen schloss. Dann flogen Szenen an mir vorbei, als würde ich in einem fahrenden Zug aus dem Fenster sehen. Es waren alles flüchtige Blicke auf meine geheimnisvolle jüngste Vergangenheit.

Endlich wurde eine der Szenen langsamer. Ich saß mit meinen Eltern am Frühstückstisch, und sie sagten mir, ich müsse zur Schule ... eine Flasche Blut mitnehmen.

Das ergab überhaupt keinen Sinn. Und irgendwie doch. Ich wusste, ich war gerade dabei, ein wirklich unglaubliches Geheimnis zu entdecken. Aber dann verschwand die Szene, und stattdessen sah ich etwas, das einem Albtraum entsprungen zu sein schien.

Ich war in einem schäbigen dunklen Raum gefangen. Auch Tallulah war dort. Und unser Kidnapper war eine böse alte Frau.

Was in aller Welt war los?

Und was machten Tallulah und ich hier?

Und diese böse alte Frau ...

Mrs Lenchester. Ihr Name blitzte ganz plötzlich in meinem Geist auf, als ich sie zu mir sagen hörte: »*Natürlich wusste ich gleich vom ersten Moment an, was du bist. Wenn wir Vampire Geschöpfe der Nacht sind, was seid ihr dann? Geschöpfe der anbrechenden Dämmerung?«*

Wovon redete sie? Sie machte doch nur einen dummen Witz darüber, dass ich ein ...

Die Worte waren in meinem Kopf, aber ich bekam sie nicht zu fassen, egal wie sehr ich mich konzentrierte. Ich musste sie hören.

Dann explodierten die Worte in meinem Kopf wie ein Korken, der aus einer Flasche fliegt. Jetzt wusste ich, wer ich war.

Wer ich bin.

16. KAPITEL

UNGLAUBLICHE NEUIGKEITEN

ICH BIN EIN HALBVAMPIR!

17. KAPITEL

EINE NEUE IDENTITAT

Ich kam taumelnd auf die Füße. Ich konnte unmöglich still sitzen, nachdem ich mich an etwas so Bedeutendes erinnert hatte. Richtig laufen konnte ich auch nicht, denn mein Kopf zitterte wie verrückt wegen all der Erinnerungen, die von allen Seiten auf mich einschossen.

AN MEINEM DREIZEHNTEN GEBURTSTAG HATTE ICH ERFAHREN, DASS ICH EIN HALBVAMPIR WAR. MEINE ELTERN HATTEN ES MIR GESAGT, DENN SIE HATTEN DIE GLEICHE GEHEIME IDENTITÄT.

ABER SIE SAGTEN, DAS SEI IN ORDNUNG: WIR WÄREN NUR EIN BISSCHEN SELTSAM. WIR TRINKEN HIN UND

WIEDER GERN EIN SCHLÜCKCHEN BLUT UND KÖNNEN UNS IN FLEDERMÄUSE VERWANDELN. ABER WIR WÄREN VÖLLIG HARMLOS. KEIN MENSCH HÄTTE IRGENDETWAS VON UNS ZU BEFÜRCHTEN.

Ich taumelte jetzt auf Gracie zu, die immer noch in der Schlange anstand. Sie sah mich aus entsetzt aufgerissenen Augen an. Ich versuchte ihr zu erklären, was in mir drin los war. Aber es ist furchtbar schwer zu sprechen, wenn man das Gefühl hat, der Schädel würde einem gleich explodieren. Dann fing mein Handy zu klingeln an. Ich konnte jetzt unmöglich mit jemandem reden, also drückte ich es einfach Gracie in die Hand und stolperte ins Freie, wo weitere Erinnerungen über mich hereinbrachen.

AM ANFANG HABE ICH ES GEHASST, EIN HALBVAMPIR ZU SEIN. ICH WOLLTE WIEDER GANZ NORMAL SEIN, NICHT JEMAND, DER ANDERS WAR.

ABER DAS KONNTE ICH MIR NICHT AUSSUCHEN. ES GAB KEIN ZURÜCK FÜR MICH.

DANN FING ICH AN, MICH AN MEINE NEUE IDENTITÄT ZU GEWÖHNEN, BESONDERS ALS ICH NOCH EINEN HALBVAMPIR KENNENLERNTE – *GRACIE.* UND ICH FAND HERAUS, DASS ICH EINER DER SELTENEN HALBVAMPIRE BIN, DIE ÜBER BESONDERE KRÄFTE VERFÜGEN, MIT DEREN HILFE ICH ES MIT JEDEM VAMPIR AUFNEHMEN KANN. ICH KONNTE TELEPATHISCHE NACHRICHTEN SENDEN, MICH IN WENIGER ALS EINER SEKUNDE IN EINE FLEDERMAUS VERWANDELN UND FANTASTISCH KÄMPFEN ... UND MIT DER HILFE VON TALLULAH (DIE DIE WAHRHEIT ÜBER MEINE IDENTITÄT NICHT KENNT) UND

GRACIE BEKÄMPFTE ICH TÖDLICHE VAMPIRE WIE MRS LENCHESTER – UND BESIEGTE SIE.

DANN WURDE ICH NACH FRANKREICH GESCHICKT, UM ZUSAMMEN MIT DREI ANDEREN HALBVAMPIREN EIN SPEZIELLES TRAINING ZU ABSOLVIEREN. DORT HABE ICH GELERNT, MEINE BESONDEREN KRÄFTE JEDERZEIT EINZUSETZEN UND ZU KONTROLLIEREN, WANN IMMER ICH SIE BRAUCHE ...

»Markus, alles in Ordnung?« Gracie stand direkt neben mir.

»Die Sache ist die, Gracie«, verkündete ich, »dass ich gerade um sechs Monate gealtert bin.«

Sofort veränderte sich ihr Gesichtsausdruck. Die ganzen Sorgen darin verschwanden. Sie sah mich jetzt voller Hoffnung an.

»Und du und ich, Gracie, wir sind –«

Sie legte mir einen Finger auf die Lippen. »Wir dürfen das nie in der Öffentlichkeit aussprechen.«

»Ich weiß«, sagte ich leicht pikiert. »Und ich weiß, dass es für dich viel schlimmer war, dich in das zu verwandeln, was wir in der Öffentlichkeit nicht aussprechen dürfen«, fuhr ich fort, um ihr zu zeigen, wie rasch ich mich an alles erinnerte. »Du wurdest haarig – sogar auf deinem Gesicht sind dir Haare gewachsen. Siehst du, ich weiß alles wieder – oder fast alles. Die Wochen in Paris sind noch etwas schemenhaft, aber alles andere –«

»Das ist unglaublich.« Sie strahlte jetzt übers ganze Gesicht. »Das sind großartige Neuigkeiten. Und das ist einfach so passiert, aus heiterem Himmel, oder?«

»Der Hund zerbricht – und meine Erinnerung kommt zurückgerauscht«, sagte ich langsam.

»Meinst du, es war der Schock, als der Hund plötzlich so heiß wurde …?«

»Der Schock hat meine Erinnerung zurückgeholt?« Ich erwog diese Möglichkeit. »Könnte sein, schätze ich.«

Gracie studierte mich. »Du siehst allerdings immer noch ziemlich mitgenommen aus.«

»So fühle ich mich auch. Kein Wunder, wenn man in zehn Minuten sechs Monate gealtert ist.«

»Sollen wir uns irgendwo hinsetzen, um uns beide auszuruhen? Aber nicht in den *Hinton Tea Rooms.*«

»Warum nicht?«

»Du bist dort rausgewankt wie Frankensteins Monster.«

Ich grinste. »Meinst du, ich traue mich nicht, so wieder reinzuwanken?«

Sie grinste ebenfalls. »Oh doch, und ob.«

Also tat ich es. Ich fügte sogar noch ein paar Soundeffekte hinzu, um es echter wirken zu lassen. Bald musste Gracie so heftig lachen, dass sie kaum noch Luft bekam. Ich weiß nicht mal, ob ich wirklich so witzig war. Vielleicht lag es einfach an der Erleichterung, dass ich wieder wirklich *ich* war.

Wir blieben jedenfalls zwei Stunden lang, und ich flüsterte Gracie immer wieder Kleinigkeiten zu, an die ich mich erinnerte. Jeder, der uns zuhörte, musste denken, dass wir uns seit Monaten nicht gesehen hatten und nun ein großes Wiedersehen feierten.

Schließlich meinte Gracie: »Ich schätze, wir sollten deinen Eltern erzählen, was passiert ist.«

»Sobald wir das machen«, sagte ich, »werden sie Dr. Jasper anrufen, ein Mordsgetue machen und mich den Rest des Tages daheim behalten. Aber ich möchte zuerst unbedingt Tallulah besuchen.«

Erst als ich das ausgesprochen hatte, wurde mir klar, wie taktlos es geklungen hatte. Es kommt nie gut rüber, wenn man einem Mädchen erzählt, dass man unbedingt ein anderes Mädchen treffen möchte. Gracie zeigte aber keine besondere Reaktion, sie fragte nur sanft: »Dann erinnerst du dich jetzt wieder an alles, was mit Tallulah zu tun hat?«

Das war total seltsam, denn ich erinnerte mich nicht nur an alles, sondern es kam mir so vor, als hätte ich sie früher nie richtig wahrgenommen. Ich meine, klar, ich hatte sie gekannt, aber es war immer so gewesen, als sei sie ein wenig unscharf. Ich schätze, ich war einfach nicht über den schlechten ersten Eindruck hinweggekommen, den ich von ihr gehabt hatte. Wie konnte mir nur entgangen sein, dass sie witzig, treu, tapfer und noch so vieles mehr ist? Mir war sogar überhaupt nicht richtig aufgefallen, wie umwerfend hübsch sie ist.

»Dann erinnerst du dich wohl auch wieder daran, dass du Tallulah gefragt hast, ob sie mit dir gehen will«, bemerkte Gracie beiläufig.

»Ja, tatsächlich«, erwiderte ich ebenso beiläufig.

»Das ist gut ... übrigens, als du vorhin die ganzen Flashbacks hattest und mir dein Handy gegeben hast, weißt du noch?«

»Klar.«

»Da war Tallulah dran, und es gefiel ihr überhaupt nicht, dass ich an dein Telefon gegangen bin. Ich glaube, sie hat gedacht, dass du sie abwimmeln willst –«

»Oh, die arme Tallulah.«

»Dann ruf sie am besten gleich an«, sagte Gracie.

Ich überlegte kurz. »Nein, das erkläre ich ihr lieber von Angesicht zu Angesicht.«

»Schön, dann gehst du jetzt zu Tallulah, und ich rufe meine Mum an, damit sie mich abholen kommt.«

Ich sah sie an. »Du brauchst doch nicht zu gehen.«

»Ach nein?«

»Nein, du kommst mit zu Tallulah. Danach gehen wir wieder zu mir, denn ich möchte wirklich, dass du bleibst. Es ist ein großer Abend, und den müssen wir feiern. Außerdem werden meine Eltern mich mit Millionen Fragen bestürmen, da habe ich lieber jemanden an meiner Seite. Und dieser Jemand bist auf jeden Fall du.«

Gracie wirkte überrascht, aber zufrieden.

16.45 UHR

Ich habe Tallulah immer noch nicht gesprochen.

Wir gingen zu ihrem Haus und dort öffnete uns ihre kleine Schwester Glynis. Sie schenkte mir ein breites Lächeln, während sie Gracie richtiggehend anfauchte.

»Hey, Glynis, ist Tallulah da?«, fragte ich.

»Du hast sie knapp verpasst, Markus«, sagte sie. »Sie ist eine reizende alte Dame besuchen gegangen.«

Beinahe hätte ich gesagt: »Dann sag ihr doch bitte, dass sie mich anrufen soll, wenn sie zurückkommt.« Aber etwas ließ mich aufhorchen, als sie diese reizende alte Dame erwähnte.

»Weißt du zufälligerweise, wie die alte Dame heißt?«, fragte ich.

Glynis beugte sich verschwörerisch zu mir und ignorierte Gracie komplett. »Sie heißt ... oh, wie war der Name noch gleich? Ihre Großnichte ist gerade nebenan eingezogen, und die ist auch sehr nett. Sie hat gesagt, ich hätte einen grünen Daumen, als ich ihr geholfen habe –«

»Der Name«, unterbrach ich sie.

»Ich weiß ihn bestimmt«, sagte Glynis. »Und zwar ... Mrs Lenchester!«, rief sie triumphierend.

Ich erschrak so sehr, dass ich einen Schritt rückwärts taumelte. Gracie keuchte vernehmlich. Es war schlimm genug zu erfahren, dass Mrs Lenchester zurück war. Aber dass Tallulah ganz alleine zu ihr gegangen war ... Wieso tat sie das? Was dachte sie sich dabei?

Mit rauer Stimme fragte ich: »Wohnt Mrs Lenchester immer noch in dem kleinen Cottage am Fluss?«

»Ja, genau«, sagte Glynis.

»Und du sagst, ihre Großnichte sei nebenan eingezogen?«, fragte Gracie.

Glynis rümpfte die Nase, als sie mit Gracie sprach. »Ich finde nicht, dass ihr gemeinsam hingehen solltet. Das wäre zu viel für Mrs Lenchester. Es reicht, wenn du alleine gehst«, sagte sie zu mir, sah Gracie noch einmal stirnrunzelnd an und schloss die Tür.

»Wieso in aller Welt sollte Tallulah ...?«, fing Gracie an.

Ich senkte die Stimme. »Tallulah verfolgt tödliche Vampire, nicht wahr? Nur tut sie es diesmal im Alleingang. Sie hat herausgefunden, dass Mrs Lenchester zurück ist. Wieso? Ich meine, wir haben Mrs Lenchester besiegt, gedemütigt ... ein tödlicher Vampir würde niemals zurückkehren –«

»Außer, sie würden etwas richtig Großes planen und wären sich ihres Erfolgs ganz sicher«, meinte Gracie.

Plötzlich erinnerte ich mich an etwas von meinem Unfall. »Da war eine Fledermaus, die dem Fahrer vor die Windschutzscheibe geflogen ist, kurz bevor er mich angefahren hat. Vielleicht war der Unfall am Ende gar kein Unfall. Vielleicht war es Absicht, ein Versuch, mich aus dem Weg zu räumen.«

Gracie nickte. »Und jetzt frage ich mich, ob dieser seltsame Hund nicht noch viel verdächtiger ist, als wir zuerst annahmen. Kommt es dir nicht komisch vor, dass deine Erinnerung wenige Stunden, nachdem wir ihn zerschlagen haben, zurückgekehrt ist? Vielleicht hängt alles miteinander zusammen.« Sie sah mich eindringlich an. »Wir müssen Tallulah dort rausholen.«

»Wir sollten rennen, als ginge es um Leben und Tod«, stimmte ich ihr zu.

Und das taten wir.

TEIL DREI

TALLULAH

18. KAPITEL

NOCH EIN GESCHENK

Irgendwo schlägt eine Uhr vier Uhr morgens. Ich habe seit Stunden geschrieben. Kein Wunder, dass meine Augenlider immer schwerer werden.

Aber ich kann jetzt nicht aufhören.

Ich habe so viel zu erzählen, und das ist meine allerletzte Chance, es zu tun.

Zurück zu dem Nachmittag, als ich Mrs Lenchester wieder besuchen wollte. Davor musste ich allerdings eine Shopping-Tour mit Glynis durchstehen. Wir landeten bei *Bailey's*, einem sogenannten coolen Teenager-Laden. Unten gab es Klamotten für Jungs und oben grässliches, überteuertes Zeug für Mädchen.

Und natürlich wimmelte es dort von den ach so beliebten Mädchen aus den Zicken-Cliquen meiner Schule. Sie glotzten alle total verdreht, als sie sahen, dass ich es wagte, ihr Territorium zu betreten. Ein Mädchen flüsterte für alle hörbar aus einer Umkleidekabine: »Dass die hier ist, ist wohl das Allerletzte!«

»Die sind ja richtig gemein zu dir«, stellte Glynis fest.

»Der Schock macht mich ganz benommen«, erwiderte ich sarkastisch.

Denn ich wusste, dass ich in meiner schlabbrigen Jeans und dem Kapuzenpulli, mit den ungewaschenen, nach hinten gekämmten Haaren und ohne ein einziges Stäubchen Make-up niemals in die Welt dieser »schönen« Mädchen passen würde. Sie drehten sich vor den Spiegeln und schwatzten über Instagram. Die Kluft zwischen ihnen und mir war unüberwindbar, während die Kluft zwischen mir und Mrs Lenchester – nun ja, mindestens genauso unüberwindbar sein sollte. Aber in diesem Augenblick bei *Bailey's* war ich mir dessen nicht mehr so sicher.

Ich sah Glynis zu, wie sie herumhüpfte und den ganzen hässlichen Schmuck anprobierte, als sie plötzlich zu mir sagte: »Die da sind herabgesetzt. Magst du nicht mal reinschlüpfen?« Sie reichte mir ein paar pinkfarbene, hochhackige Stiefel. Sie waren überhaupt nicht mein Stil, aber da ich sowieso nichts Besseres zu tun hatte und den Mädchen aus meiner Schule etwas liefern wollte, worüber sie sich das Maul zerreißen konnten, nahm ich die Stiefel und probierte sie an.

Sie sahen an mir sogar richtig gut aus, wenn auch auf eine total bizarre Art.

Nicht, dass ich für so etwas Geld verplempern würde. Nachdem ich den geschmacklosen Schmuck, den Glynis sich ausgesucht hatte, bezahlt hatte, war sowieso kein Geld mehr übrig.

»Das war's«, sagte ich zu ihr, nachdem wir den Laden verlassen hatten. »Mehr bekommst du von mir nicht.«

»Okay«, sagte Glynis überraschend kleinlaut. Dann drückte sie meine Hand. »Und das ist für dich.«

»Was ist es ...?«, fing ich an. Doch da reichte sie mir schon eine Tüte, und noch bevor ich reingeschaut hatte, wusste ich, dass darin diese pinkfarbenen, hochhackigen Stiefel waren. Ich war so baff, dass ich im ersten Moment nichts sagen konnte.

»Sie haben dir gefallen«, meinte sie. »Das habe ich dir angesehen.«

»Danke, Glynis«, sagte ich leise. Ich bezweifelte, dass ich sie jemals tragen würde, aber ich hätte das nie erwartet. Ja, ich war so schockiert, so absolut fassungslos und zugegeben auch so glücklich, weil meine nervige kleine Schwester mir ein Geschenk gekauft hatte, dass ich schlagartig zur Vernunft kam.

Hatte ich wirklich vor, einen überaus gefährlichen tödlichen Vampir zu besuchen? War ich noch bei Trost? Wen würde ich das nächste Mal beehren – meinen alten Kumpel Darth Vader?

Seit heute Morgen war ich wohl leicht unzurechnungsfähig geworden. Es hatte damit begonnen, dass sich Markus so darüber gefreut hatte, dass Gracie ihn besuchte. Es war nur ein kurzer Moment gewesen, der blitzschnell wieder vorbei war, aber ich war sofort eifersüchtig gewesen. Nein, es war mehr als ein Hauch von Eifersucht – es war wie eine grässliche Krankheit, die mich innerlich auffraß.

Und Mrs Lenchester hatte erkannt, wie geknickt ich war, und hatte es ausgenutzt. Kein Wunder, dass sie so sicher annahm, ich würde wiederkommen.

Nie und nimmer, außer ...

In dem Augenblick hatte ich die größte, verwegenste, verrückteste Idee meines Lebens. Ich konnte einfach zu Mrs Lenchester gehen und sie glauben lassen, dass ich immer noch total durch den Wind war (meine leichteste Übung), und dabei ihre größte Schwäche ausnutzen – ihre Eitelkeit. Womöglich konnte ich auf diese Weise herausfinden, was sie und die anderen tödlichen Vampire vorhatten.

Sie hätte es mir beinahe beim letzten Mal schon verraten, so begierig war sie darauf gewesen, damit zu prahlen. Nun war meine absolut letzte Chance, denn morgen war der 15.

Das hörte sich alles mächtig gefährlich an, das war mir klar. Aber wenn ich es schaffen würde, den Plan der tödlichen Vampire aufzudecken – wie cool wäre das denn! Danach würde ich sofort zu Markus gehen. Ich trug immer noch die Fotos bei mir, mit denen ich bestimmt seine Erinnerung zurückholen konnte. Und gemeinsam würden wir dann die Vampire aufhalten.

Es kümmerte mich nicht, falls Gracie noch bei Markus war. Ich wäre sogar glücklich für die beiden. Nein, wäre ich nicht. Das würde zu weit gehen. Aber Markus und ich würden weiter gemeinsam Vampire bekämpfen. Daran konnte uns niemand hindern. Und das hier sah nach unserer größten Mission bisher aus.

Ich wurde ganz aufgeregt.

Mit verrückten Ideen ist es so eine Sache – je länger man über sie nachdenkt, desto weniger verrückt erscheinen sie einem.

Nachdem ich Glynis heimbegleitet hatte, sagte ich ihr, dass ich jetzt bei Mrs Lenchester vorbeischauen würde. Glynis wirkte einen Moment irgendwie schüchtern, dann fragte sie, ob ich meine neuen Stiefel tragen würde.

»Na klar, wieso nicht?«, sagte ich und reichte ihr meine Sportschuhe. So kam es, dass ich in total lächerlichen pinkfarbenen Boots loszog, um einen tödlichen Vampir auszutricksen.

19. KAPITEL

GEDANKENSTRAHLEN

Ich brauchte nicht einmal zu klingeln. Mrs Lenchester hatte mich offensichtlich erwartet.

Sie öffnete, dann beugte sie sich vor und flüsterte mir ins Ohr: »Du bist gekommen, um deinen Talisman abzuholen, stimmt's?« Sie war davon überzeugt, dass sie mich damit in der Hand hatte.

Ich ging darauf ein und sagte: »Ich kann an nichts anderes mehr denken.« (Eine Weile war es mir ja wirklich so ergangen.) Sie kicherte und glaubte mir, das sah ich ihr an. Und weißt du was? Ich war kein bisschen nervös. Ich war einfach nur komplett aufgekratzt. Ich schaffe das, sagte ich mir, ich kann Mrs Lenchester hinters Licht führen und herausfinden, was hier eigentlich los ist.

»Dieser goldene Talisman wird dir ungeahnte Macht verleihen. Es war sehr klug von dir wiederzukommen«, sagte sie.

»Macht bedeutet mir alles«, behauptete ich.

Mrs Lenchester nickte anerkennend. »Jetzt komm rein, Liebes, der Tee ist schon fertig.«

Wieder einmal ließ ich mich auf ihr abgewetztes altes Sofa sinken, während sie mir mit einem hocherfreuten Lächeln eine Teetasse und einen Teller mit selbst gebackenen Plätzchen reichte.

»Die habe ich extra für dich gebacken, Liebes, also probiere gleich einen«, sagte sie.

Ich nahm einen kleinen Bissen von einem Plätzchen und rief sofort: »Hm, die sind wirklich köstlich«, denn das waren sie tatsächlich.

Sie nickte zufrieden. Sie liebte Komplimente. Dann wurde ihr Tonfall etwas geschäftsmäßiger. »Du hast dich doch nicht mit ihm getroffen, oder?«

»Nein«, konnte ich wahrheitsgemäß antworten.

»Und du wirst auch morgen jeden Kontakt mit ihm vermeiden?« Ich konnte spüren, wie sie mich aus ihren rabenschwarzen Augen eindringlich musterte.

»Auf jeden Fall«, versicherte ich. Dann fügte ich hinzu: »Das wird nicht schwer sein, denn er verbringt jetzt seine Zeit mit jemand anderem. Mit diesem wirklich albernen Mädchen.«

Mrs Lenchesters Augen leuchteten auf.

»Sie hatten völlig recht«, fuhr ich fort. »Menschen sind unbeständig und sehr, sehr durchtrieben. Ich habe jeden Einzelnen von ihnen satt. Aus diesem Grund würde ich wahnsinnig gern bei Ihrem Plan mitmachen, worin auch immer er besteht.«

War ich jetzt zu weit gegangen? Würde sie anfangen, Verdacht zu schöpfen?

Mrs Lenchester stand auf. Sie lächelte nicht mehr und sprach mit gedämpfter Stimme. »Dein Enthusiasmus ist bewundernswert, aber leider ist das nicht möglich ... noch nicht.« Sie betonte die beiden letzten Wörter.

Ich bedrängte sie noch ein bisschen mehr. »Aber morgen wird doch etwas sehr Bedeutendes geschehen?«

»Oh ja«, sagte Mrs Lenchester.

»Noch bedeutender als das, was Sie schon gemacht haben?«

»Oh, viel bedeutender«, antwortete Mrs Lenchester.

Ich wartete mit angehaltenem Atem. Ich wusste, dass sie einer so bewundernden Zuhörerin nicht widerstehen konnte. Und ich behielt recht.

»Weißt du, Liebes«, fing sie an. »Wir sind Überlebende – die einzigen Überlebenden – aus der Zeit, als die Magie noch die Welt regiert hat. Dann verschwand all das. Oh, einige von uns konnten Nadeln in ein Bild stechen und damit bewirken, dass jemand sich vor Schmerzen krümmte. Kleinkram. Aber nun sind wir dank Menschenblut nicht nur jünger und stärker geworden, sondern können auch unsere alten schwarzmagischen Kräfte zurückgewinnen.«

Ich keuchte, als wäre ich unglaublich beeindruckt. Ich war ganz nah daran, ihren Plan zu erfahren. Aber mir war klar, dass ich jetzt nicht übertreiben durfte. Damit könnte ich alles zerstören. Also glotzte ich sie hingerissen und interessiert an, denn ich wusste, dass Mrs Lenchester sich an meiner Aufmerksamkeit ergötzte.

Sie stand jetzt direkt vor mir und fragte: »Hast du schon mal von Todesstrahlen gehört?«

Ich nickte und wagte es nicht, den geringsten Laut von mir zu geben.

»Bestimmt hast du geglaubt, das sei alles nur Science-Fiction, an den Haaren herbeigezogen. Aber es gibt etwas, das nur in sehr wenigen Comics zu finden ist. Etwas, das anscheinend außerhalb der menschlichen Vorstellungskraft liegt – *Gedankenstrahlen.* Damit kann man sich tief in den Geist eines Menschen hineingraben und ihnen das nehmen, was für sie am wertvollsten ist. So bleibt nur eine leere Hülle zurück.«

»Sie meinen, ihre Erinnerungen?«, entfuhr es mir.

»Du hast es erfasst«, rief Mrs Lenchester anerkennend. »Es sind die Erinnerungen, die einen Menschen zu dem machen, was er ist. Wenn man sie löscht, vernichtet man damit die Person.«

Ich dachte sofort an Markus. Als würde sie meine Gedanken lesen, sagte Mrs Lenchester: »Ja, ganz recht. Als wir erfuhren, dass er nach Paris gereist war, schien das der ideale Zeitpunkt für uns, um zurückzukehren – er würde unsere Pläne nicht noch einmal durchkreuzen. Als er verfrüht zurückkam, mussten wir uns mit ihm befassen. Wir konnten nicht zulassen, dass er uns dazwischenpfuschte, also haben wir mit ihm experimentiert, obwohl unsere Vorbereitungen noch nicht abgeschlossen waren.«

»Daher der Autounfall?«

Mrs Lenchester war entzückt. »Damit haben wir dich und alle anderen reingelegt, nicht wahr?

»Mich reingelegt?« Ich sah sie fragend an.

Ihre Augen wurden größer. »Wir haben den Unfall absichtlich herbeigeführt, damit jeder denken würde, dass Markus deswegen sein Gedächtnis verloren hat. So kam keiner auf die Idee, es könne etwas anderes dahinterstecken. Das war sozusagen unsere falsche Fährte. Der wahre Grund für Markus' Gedächtnisverlust war in Wahrheit die ganze Zeit direkt vor seiner Nase.«

»Sie sind wirklich unglaublich schlau«, schmeichelte ich ihr. Ich hatte immer noch keine Ahnung, wovon sie sprach, aber ich hoffte, dass sie mir jeden Augenblick reinen Wein einschenken würde.

»Es wird auch höchste Zeit, dass wir den Menschen zeigen, wie schlau wir tatsächlich sind«, sagte Mrs Lenchester.

»Tja, das werden sie bald merken«, erwiderte ich.

»Das werden sie«, trällerte Mrs Lenchester mit einem seltsamen, schrillen Lachen. »Denn dein Freund hat nur ein paar Monate vergessen, ganz entscheidende Monate, was uns betrifft. Aber nun haben wir die Macht, Jahre, ja sogar Jahrzehnte aus dem Gedächtnis eines jeden Menschen zu löschen. Und das Beste ist, wir können einen menschlichen Geist zerstören, ohne dabei überhaupt in seine Nähe zu kommen.«

»Wie in aller Welt wollen Sie das denn anstellen?«, fragte ich.

»Indem wir unseren Zauber leise in ihr Leben eindringen lassen mithilfe –«

»Ja«, versuchte ich sie zum Weiterreden zu bringen.

Aber sie sagte nichts mehr, sondern starrte an mir vorbei. »Oh, in Ordnung«, sagte sie. Ich konnte nicht sehen, zu wem sie sprach, obwohl ich für eine Sekunde meinte, flüchtig eine schattenhafte Gestalt in der Tür zu sehen. Mrs Lenchester wirkte wie ein geprügelter Hund, als sie sich mir gegenüber hinsetzte. »Ich wurde gerügt, weil ich zu viel verraten habe.«

»Von wem?«

»Von der Person, die federführend für den ganzen Plan ist.«

»Aber ich dachte, Sie wären diejenige«, wunderte ich mich.

Das gefiel ihr. Sie saugte mein Kompliment förmlich auf. »Ich bin selbstverständlich ein wesentliches Mitglied bei dieser Angelegenheit«, bestätigte sie. »Aber die Idee stammt von jemand anderem.« Ein zärtliches Lächeln huschte über ihr Gesicht. »Jemand, den du bereits gesehen hast«, fuhr sie fort.

Also, da war natürlich Andy meine Hauptverdächtige. Außer ihr fiel mir auch niemand ein, der infrage käme – außer, es wäre ...

Herbert Cheshire? Könnte er womöglich der geheime Vampir sein, der hinter allem steckte? Das wäre für mich eine große Enttäuschung gewesen, denn ich mochte ihn.

Ich machte den Mund auf, um etwas zu fragen, aber sie hob ihre Hand mit den vielen Ringen. »Keine weiteren Fragen.«

Vielleicht war es besser so. Diese schattenhafte Gestalt – die angeblich bei der Sache federführend war – hatte etwas an sich gehabt, das mir wirklich Angst machte. Sogar Mrs Lenchester schien sich vor ihr zu fürchten.

Ich hatte viel herausgefunden und brauchte Zeit, um darüber nachzudenken und um mich mit Markus zu beraten. »Danke für den Tee«, sagte ich. »Aber Sie haben bestimmt noch viel zu erledigen.«

Mrs Lenchester widersprach nicht. Die ganze Stimmung schien sich mit einem Mal verändert zu haben und war nun viel angespannter.

Wir erhoben uns beide. In dem Moment kam Rufus ins Zimmer geschlichen. Er tappte über den Boden und sprang auf das Sofa, genau da, wo ich eben noch gesessen hatte. Seine grünen Augen blitzten.

Mrs Lenchester schenkte ihm ein kurzes Lächeln, dann sah sie wieder mich an. »Hast du nicht etwas vergessen?«, flüsterte sie. »Deinen Talisman?«

An den hatte ich tatsächlich gar nicht mehr gedacht.

»Ich habe nicht erwartet, dass ich ihn heute schon mitnehmen darf«, sagte ich.

»Aber ich bin sehr zufrieden mit dir und finde, dass du eine Belohnung verdienst hat. Du bist *wirklich* eine von den Goldenen.«

Ein paar Stunden lang hatte mich diese Bezeichnung geradezu hypnotisiert. Jetzt kam es mir vor, als wäre ich da ein anderer Mensch gewesen.

»Dann streck deine Hand aus«, zischte Mrs Lenchester mit kokettem Lächeln. Sie ließ den kleinen goldenen Talisman in meine Handfläche fallen. »Pass gut auf ihn auf und bring ihn jedes Mal mit, wenn du mich besuchst. Und denk stets daran, dass du diesen goldenen Talisman hast, was auch immer die Menschen dir antun mögen. Das wird dir helfen, dich an ihnen zu rächen und –« Sie hielt unvermittelt inne. »Entschuldigst du mich bitte einen Augenblick, Liebes?« Eilig verließ sie das Zimmer.

Alles war still, bis auf das laute Ticken der Uhr und ein grummelndes Schnurren von Rufus. Ich sah mich zwischen den ganzen schweren Möbeln um, und es kam mir vor, als wären sie näher an mich herangerückt. Was man sich für alberne Sachen einbilden kann! Aber dann fuhr es mir eisig den Rücken hinunter, und das war keine Einbildung. Eine Vampirfledermaus schwebte über meinem Kopf. Und eine weitere gesellte sich dazu. Das gefiel mir überhaupt nicht.

»Ich muss jetzt gehen«, rief ich. Niemand antwortete. Furcht sank auf mich herab wie ein Schwall eiskalter Luft. Der ganze Raum atmete Gefahr.

Ich ging auf die Tür zu. Und genau da kehrte Mrs Lenchester

zurück, mit düsterer Miene. Sie sah mich ohne die Spur eines Lächelns an. »Du Närrin, du dumme Närrin.« Ihre Stimme klang wie Peitschenknallen. Sie kam näher, aber jetzt redete sie nicht mehr nur mit mir, sondern auch mit sich selbst. »Und ich habe dir vertraut. Ich habe tatsächlich versucht, einem Menschen zu helfen.«

»Aber was habe ich gemacht?«, rief ich, denn ich war ehrlich verwirrt.

»Du hast mir versichert, dass du dich nicht mit diesem Jungen getroffen hast.«

»Das habe ich auch nicht.«

»Du Lügnerin!«, kreischte Mrs Lenchester und hob die Hand, sodass ich eine Schrecksekunde lang glaubte, sie würde mich schlagen. Doch dann zischte sie: »Wenn du dich nicht mit ihm getroffen hast, wieso steht er dann vor meinem Haus?«

»Das weiß ich nicht«, rief ich. »Aber ich schwöre, dass ich ihn heute nicht gesehen habe.«

Mrs Lenchester schüttelte schwermütig den Kopf. »Jetzt habe ich beinahe Mitleid mit dir.«

20. Kapitel

Der grösste Fehler meines ganzen Lebens

»Du hättest dazugehören können«, fuhr sie in einem erstickten Flüstern fort. »Über ungeahnte Kräfte hättest du verfügen können, du dummes, dummes Mädchen. Stattdessen hast du mit dieser Missgeburt gesprochen.«

»Aber das habe ich nicht«, widersprach ich. »Ich –«

»Ich habe dir das Leben gerettet, weißt du. An dem Tag, als du in meinem Garten herumgeschnüffelt hast, obwohl man dir ausdrücklich gesagt hatte, dass du gehen sollst.«

»Aber ich dachte wirklich, ich hätte gehört, wie jemand sagte, ich solle reinkommen.«

»Als du einfach in unseren Schuppen eingedrungen bist, wollte er dich unbedingt angreifen und dann mit dir experimentieren.«

Ein Schauder lief durch meinen Körper. Meinte sie den alten Mann, den ich dort gesehen hatte? Wer war er?

»Nur ich war in der Lage, dich aus dem Schuppen zu befreien«, fuhr Mrs Lenchester fort. »Und das habe ich getan, denn ich habe in dir einen Funken echter Magie gesehen.«

»Oh, das ist ja alles so traurig«, hörte ich eine krächzende, spöttische Stimme hinter mir.

Ich zuckte zusammen und wirbelte herum. Zuerst konnte ich nur eine Art grauen Schatten erkennen. Aber dann nahm der Schatten allmählich menschliche Gestalt an und ein uralter Mann erschien. Er hatte einen kurzen Hals, eine weiße Mähne und keinerlei Gesichtsausdruck. Er trug einen weißen Anzug und eine große rosa Fliege. Seine Kleidung hing so locker an ihm, als hätte selbst sie Angst, ihm zu nahe zu kommen.

»Ich habe Sie in dem Schuppen gesehen«, sagte ich. »Und es tut mir leid, dass ich nicht verstanden habe, dass Sie mich wegschicken wollten.«

Ich musste mich immer noch sehr konzentrieren, um seine abgehackte, gedämpfte Stimme zu verstehen. Aber er ignorierte mich zunächst und sagte zu Mrs Lenchester: »Was für eine Vorstellung. *Ich habe in dir einen Funken echter Magie gesehen.* Du wirst so larmoyant wie ein Mensch.« Daraufhin senkte Mrs Lenchester doch glatt beschämt den Kopf. »Und du weißt wahrscheinlich nicht einmal, was larmoyant bedeutet«, fuhr er mich an.

»Und ob ich das weiß! Es bedeutet, dass man weinerlich und rührselig ist«, erwiderte ich erbost. »Wer sind Sie?«

»Aber du erkennst ihn doch sicher«, sagte Mrs Lenchester. Sie klang erschrocken, regelrecht empört. »Sieh dich um, schau dir die ganzen wunderbaren Bilder an.«

Aber die ganzen wunderbaren Bilder waren nichts weiter als verblasste Schwarz-Weiß-Fotos von Mrs Lenchester und ihrem Mann bei ihrer Hochzeit und in Bühnenstücken und –

Ich hielt inne.

Nein, das war unglaublich. Ich sah noch einmal das grimmige Gesicht vor mir an.

Ihr Mann Fergus war tot, und doch war er wieder hier, als ein sehr gealterter ...

»Sie sind ein Geist«, sagte ich zu ihm.

»Aber nein«, stöhnte Mrs Lenchester.

»Ich bin viel, viel mehr als ein Geist«, krächzte der Alte, sichtlich erbost über meine Bemerkung.

»Natürlich bist du das, Fergus«, gurrte Mrs Lenchester beruhigend. »Anfangs warst du ein Geist, aber jetzt wirst du immer greifbarer und wirklicher. Bald wirst du wieder deine alte Vampirgestalt annehmen können und menschliches Blut trinken. Dann können wir gemeinsam jung werden.«

Doch er war immer noch außer sich vor Wut. »Komm her.«

Ich schob mich vorsichtig etwas näher.

Er hielt mir die ausgestreckte Hand hin. »Mach schon, nimm sie«, blaffte er.

Eine trockene, knochige Hand drückte sich in meine. »Könntest du einen Geist anfassen?«, wollte er wissen.

Sein säuerlicher Atem streifte mein Gesicht, während er redete. Er war wirklich mehr als nur ein Geist. Kein Wunder, dass er sich aufgeregt hatte, als ich ihn so genannt hatte. Er war ein entsetzliches Mischwesen – halb Geist, halb Monster.

»Du bist leider furchtbar dumm gewesen – selbst für einen Menschen«, fuhr er fort. »Du gibst vor, unseren Anweisungen zu folgen, während du die ganze Zeit diese Missgeburt vor unserer Nase herumtänzeln lässt.«

»Aber ich habe nicht –«, setzte ich erneut an.

»Du beginnst mich zu ermüden«, sagte er.

»Hören Sie, ich will einfach nur gehen«, sagte ich.

»Diese Möglichkeit hast du nun leider nicht mehr. Aber hab keine Angst, diesmal wirst du nicht angegriffen. Du musst lediglich ein kleines Geschenk von uns annehmen.«

»Was für ein Geschenk?«, fragte ich.

Er ignorierte meine Frage. »Wir müssen eines im Schuppen vorbereiten. Ich werde mit Andy gehen müssen –«

»Nein, das ist nicht nötig.« Andy kam mit wiegendem Gang ins Wohnzimmer. »Wir haben doch vorhin schon ein paar präpariert, nicht wahr?«

»Ach ja, natürlich«, sagte Mr Lenchester. Mit Andy sprach er viel höflicher als mit seiner Frau. »Würdest du dann bitte eines unserer Geschenke holen?«

»Mit Vergnügen.« Ein sehr hässliches Funkeln trat bei diesen Worten in Andys Augen.

Nachdem sie weg war, fragte Mrs Lenchester leise und unvermittelt: »Gibt es keine andere Möglichkeit?«

Obwohl Mr Lenchester genau genommen kein richtiger Geist war, bewegte er sich doch wie einer. Seine Füße berührten gerade so nicht den Boden, als er quer durchs Zimmer auf seine Frau zuschwebte, die wie ein nervöses Dienstmädchen an der Tür wartete, und ihr zuzischelte: »Du hast dich schon letztes Mal geweigert, auf mich zu hören, als es um sie ging, und du siehst ja, was nun passiert ist.«

»Schon gut, es gibt keinen Grund, darauf herumzureiten«, sagte Mrs Lenchester. »Ich dachte, ich hätte einen Menschen gefunden, der andere Menschen beinahe so sehr hasst wie ich. Ich dachte, ich hätte einen menschlichen Schützling gefunden. Ich habe mich geirrt.« Ihre Stimme war am Ende zu einem tiefen Stöhnen geworden. »Aber ich hatte vollkommen recht, was ihr magisches Potenzial betrifft, und ich hätte ihr so sehr helfen können.«

»Helfen Sie mir jetzt, Mrs Lenchester«, rief ich verzweifelt und ging auf sie zu. »Bitte lassen Sie mich gehen.«

»Das kann ich nicht.« Sie wandte sich von mir ab.

Da kam Andy zurück, und ich sah, was sie dabeihatte. Ein kleines Modell eines Jack Russells, genau wie diese Hunde, die sie in *Mad About Monsters* verkauften. Genau wie der, den Gracie Markus geschenkt hatte.

»Das ist unser Geschenk für dich«, sagte Andy.

»Wenn du unser Geschenk annimmst, wirst du vor weiteren Angriffen völlig sicher sein«, erklärte Mr Lenchester ruhig. »Wir müssen dich außerdem bitten, noch ein paar Stunden unsere Gastfreundschaft zu genießen. Aber morgen früh darfst du gehen und dein normales Leben weiterführen, vorausgesetzt, du nimmst jetzt das Geschenk an.« Dann wies sie Andy an: »Halte den Kopf des Hundes etwas höher und mit vorsichtigem Griff.«

Als Andy auf mich zukam, die Finger mit den angeklebten orangeroten Nägeln vorsichtig um den Hund gelegt, wich ich zurück. Ich wusste, dass dieses Geschenk eine ernste Gefahr darstellte.

»Nein, ich will es nicht!«, schrie ich. »Ich werde es nicht annehmen!«

»Wieso denn nicht?«, fragte Mr Lenchester, der direkt hinter Andy stand.

»Weil ... weil«, rief ich verzweifelt, »weil Sie diesen Modellhund irgendwie mit Ihrer bösen Kraft deformiert haben.«

»Nicht deformiert«, sagte Mr Lenchester. »*Transformiert.*

Dieses kleine Spielzeug kann die Menschen von so vielem erlösen, das ihnen Schmerz und Elend bereitet. Man könnte sagen, dass wir ihnen – und dir – eine dringend benötigte Erleichterung geben, indem wir dafür sorgen, dass viele Jahre ihrer Erinnerung gelöscht werden.«

Aber wie konnte ein Porzellanhund viele Jahre der Erinnerung löschen?

In dem Augenblick bemerkte ich etwas. Die Augen des Hundes waren nicht braun wie die der anderen im Laden. Sie waren rabenschwarz, genau wie die Augen des Hundes in Markus' Zimmer. Andy hatte gesagt, dass sie den Hund vorhin präpariert hätten. Das bedeutete ...

»Sie haben die Augen übermalt!«, platzte ich heraus.

»So scheint es«, sagte Mr Lenchester stolz. Er und Andy waren jetzt stehen geblieben.

»Ja«, sagte ich wie zur Bestätigung.

»Mein Werk wäre ohne die Hilfe meiner hochtalentierten Großnichte unmöglich gewesen.«

An der Stelle verbeugte sich Andy sogar.

»Es gab eine Zeit«, fuhr er fort, »da konnten einige wenige Vampire so harmlose alltägliche Gegenstände wie Spielzeuge mit einem Zauber belegen. Doch dieser Zauber verflog schon am nächsten Tag. Jetzt können wir zum ersten Mal einen Zauber in einem Gegenstand einschließen, so wie man eine Batterie mit Energie auflädt. Ich hatte diese großartige Idee, aber meine Finger sind zu alt und brüchig, um so eine knifflige Aufgabe auszuführen. Aber meine Großnichte« – Andy verbeugte sich erneut – »kann jeden Zauber dauerhaft machen. Und wenn einer dieser Hunde erst einmal verzaubert ist, werden seine Augen automatisch schwarz. Dann wissen wir, dass der Zauber darin eingeschlossen ist und darauf wartet, aktiviert zu werden, sobald jemand diesen Hund als Geschenk annimmt.«

»Und dem ist man dann hilflos ausgeliefert?«

»Absolut«, bestätigte Mr Lenchester. »Die Menschen merken nicht einmal, wie der Zauber langsam in ihr Leben eindringt und ihre Erinnerungen zerstört. Erst zwischen zwölf und vierzehn Stunden später werden sie es merken, wenn ihnen auffällt, dass alle ihre Erinnerungen wie ausgelöscht sind.« Er kicherte. »Es kam uns sehr gelegen, als dieses Mädchen in den Laden spazierte. Denn Andy wusste, wie leicht es sein würde, diesen Jungen dranzukriegen.«

»Ohne dass er je darauf kam, was die Ursache war«, schaltete sich Andy vergnügt ein. »Und ohne zu erkennen, dass er den Zauber nur brechen könnte, indem er den Hund kaputt schlug. Nicht, dass das einfach wäre. Man kann den Hund zwar nehmen und verstecken, aber sobald man versucht, ihn zu zerstören oder von seinem Besitzer zu trennen, aktiviert sich ein eingebauter Widerstand.«

»Und was wird morgen passieren?«, stellte ich die entscheidende Frage.

»Da werden wir tausend dieser Hunde verteilen«, sagte Mr Lenchester. »Wir präparieren sie alle heute Abend, und morgen, am 15., werden sie losgelassen –«

»Im *Mad About Monsters*«, unterbrach ich sie.

»Natürlich«, sagte Mr Lenchester.

»Hängt Herbert Cheshire da mit drin?«, fragte ich.

Andy schnaubte abfällig. »Dieser dauerverstopfte Mensch nervt einfach nur. Morgen wird er sowieso den ganzen Tag fort sein. Aber bevor er geht, werde ich ihm wohl noch ein kleines Geschenk machen. Etwas, das ihn an uns erinnert.« Sie und Mr Lenchester lachten, während ich dachte: Wenn ich irgendwie hier herauskomme und mit Markus sprechen kann, werde ich als Nächstes Herbert Cheshire vor dem wirklichen Horror warnen, der in seinem Laden auf ihn lauert.

Andy redete weiter. »Und ich werde meine Hunde so billig verkaufen, dass all die leichtgläubigen Menschen begierig zugreifen werden, entweder für sich selbst oder um sie ihren sogenannten Liebsten zu schenken.«

Sie und Mr Lenchester machten ein derart triumphierendes Gesicht, dass ich mich nicht zurückhalten konnte: »Aber diese Menschen haben euch nichts getan und ihr werdet ihr Leben zerstören – und das ihrer Familien.«

»Genau das werden wir.« Mr Lenchester zeigte keine Spur von Reue.

»Warum denn nur?«, wollte ich wissen.

Er und Andy wirkten verblüfft. Für sie war es so, als würde man jemanden fragen, warum er isst und trinkt. Schließlich sagte Andy ungeduldig: »Weil wir es können. Weswegen sonst?«

»Ihr seid ja so erbärmlich und grausam!«, schrie ich.

»Dir bleibt immerhin das beruhigende Wissen, dass du morgen einem Menschen das Leben gerettet haben wirst«, erwiderte Mr Lenchester mit abschätzig verzogenen Lippen. »Denn nun haben wir nur noch neunhundertneunundneunzig unserer wertvollen Hunde. Einen bekommst du jetzt, und obendrein gratis.«

Vor lauter Wut über ihre furchtbaren Pläne hatte ich vorübergehend vergessen, dass ich ihr erstes Opfer sein sollte.

Sie bewegten sich nun wieder beide auf mich zu, bis Andy direkt vor mir stand und Mr Lenchester wie ein stolzer Lehrer lächelnd dahinter. Mrs Lenchester blieb verunsichert am Rand des Geschehens und wich meinen Blicken aus.

»Mrs Lenchester!«, rief ich. »Bitte halten Sie sie auf.«

Sie holte ein Taschentuch so groß wie ein Bettlaken hervor, schnaubte kräftig hinein und erklärte: »Das ist meine Schwäche. Ich bin einfach zu weichherzig, das war ich immer schon.«

»Weichherzig?«, echote ich ungläubig. »Aber Sie lassen es einfach zu.«

Mrs Lenchester schüttelte den Kopf. »Du dummes, dummes Kind. Ich hätte dir so sehr helfen können. Und das alles wirfst du jetzt weg, dein ganzes Potenzial. Aber mach dir keine Sorgen.« Ich sah sie mit neu erwachter Hoffnung an. »Hinterher mache ich uns eine schöne Tasse Tee.« Und dann tapste sie nach draußen.

In einer überfüllten U-Bahn hätte Andy nicht dichter an mir drankleben können. Und Mr Lenchester sagte zu mir in seiner trockenen, überheblichen, gefühlskalten Stimme: »Mach schon, du musst den Hund nehmen.« Als wäre er ein Arzt, der mir riet, meine Medizin zu schlucken. Doch dann fügte er hinzu: »So wirst du morgen wenigstens noch am Leben sein.«

Was sollte das denn für ein Leben sein – ohne Erinnerungen? Wenn man sie verliert, verliert man sich selbst. Ich hatte noch nie zuvor so große Angst gehabt. Ich wusste, dass es keinen Sinn hatte zu schreien. Ich konnte genauso gut eine Milchtüte anschreien – die wäre davon auch nicht beeindruckt. Also würde ich ihnen diese Genugtuung nicht gönnen.

»Wenn du das Geschenk angenommen hast«, sagte Mr Lenchester, »dann geben wir dir etwas, wovon du in einen tiefen und erfrischenden Schlaf fallen wirst, während wir darauf warten, dass der Zauber seine Wirkung entfaltet.«

»So gegen acht Uhr«, sagte Andy, »vielleicht sogar schon etwas früher, darfst du dann nach –« Sie hielt inne. Sie hatte »Hause gehen« sagen wollen, aber natürlich würde ich dann vermutlich nicht mehr wissen, wo mein Zuhause war. Also beendete sie den Satz mit: »draußen gehen.« Sie wollte mir den Hund aufdrängen, aber ich hatte die Hände zu Fäusten geballt. »Na komm schon, mach die Hände auf«, verlangte Andy.

Ich antwortete nicht, aber ich konnte mich selbst atmen hören. Dann geschah alles rasend schnell. Ich ließ mich ohne Vorwarnung auf den muffigen roten Teppich fallen. Damit und auch mit der nächsten Aktion hatte ich das Überraschungsmoment auf meiner Seite. Ich packte Andys Knie wie ein Rugbyspieler – obwohl ich keine Ahnung von dem Spiel habe.

Sie stieß einen fassungslosen Wutschrei aus und knallte auf den Boden. Der Hund flog ihr aus der Hand und prallte an Rufus ab, der wütend fauchte, bevor er aus dem Raum lief, und purzelte dann auf den Teppich. Ich hätte vor Erleichterung fast gejauchzt.

»Der Hund? Ist er zerbrochen?«, kreischte Mr Lenchester augenblicklich. Das war seine einzige Sorge.

Andy rappelte sich auf. »Nein, nein, der ist noch heil.«

»Bist du sicher?«, erkundigte sich Mr Lenchester besorgt.

Sie waren so damit beschäftigt, ihn zu untersuchen, dass ich meine Chance ergriff und hastig auf die Füße kam. Ich hatte sogar schon die Tür erreicht, bevor ich rückwärts taumelte. Ich hatte die Privatarmee über meinem Kopf vergessen. Die Fledermäuse stürzten sich so schnell auf mich, dass ich kaum eine Bewegung sah. Von irgendwoher mussten die Viecher sogar noch Verstärkung bekommen haben, kaum dass mir die ersten in die Haare und ins Gesicht geflogen waren. Der Gestank war überwältigend, und ich begann zu husten und zu würgen, während ich es irgendwie immer noch schaffte, die Fäuste fest geschlossen zu halten. Ich sah nicht einmal genug, um die Fledermäuse abzuwehren.

Dann fühlte ich, wie sie ihre kleinen Reißzähne in meinen Hals bohrten. Sofort durchzuckte mich ein scharfer Schmerz und ich wankte benommen. Plötzlich bewegte sich der Teppich auf mich zu und knallte mir ins Gesicht.

Als ich wieder zu mir kam, lag ich bäuchlings auf dem Teppich. Mir kam alles total unwirklich vor, als ich über mir einen Singsang hörte. »Sie erhält dies als Geschenk«, sagte Mr Lenchester.

»Nun sollte der Zauber wirken«, meinte Andy. »Sie hat das Geschenk angenommen.«

Nein, das habe ich nicht. *Das habe ich nicht!*

»Schieb es ihr einfach in die Hand«, fuhr Andy fort. Jedes noch so kleine Fitzelchen an Kraft, das ich hatte, verwendete ich jetzt darauf zu verhindern, dass mir das bösartige Spielzeug aufgezwungen wurde. Ich hielt die Hände ganz fest geschlossen, aber ich wusste, dass meine Kraft bald nachlassen würde. Darum tat ich gleichzeitig etwas, das ich nie zuvor getan hatte und nie wieder tun werde.

Ich wünschte, dass ein Junge mich retten kam.

Markus, es hieß doch, dass du vor der Tür herumlungerst. Warum hast du noch nicht angeklopft – oder irgendetwas unter-

nommen? Nie habe ich deine Hilfe dringender benötigt. Wo bist du, Markus?

Dann hörte ich die allerentsetzlichsten Worte: »Der Hund ist in ihrer linken Hand«, sagte Andy. »Der Zauber kann wirken.«

Ich spürte, wie etwas meine Hand berührte. Ich wusste, um was sich meine Finger schlossen, auch wenn ich es nicht sehen konnte, und war zu erschrocken, um gleich zu reagieren. Ich erstarrte einfach. Dann hörte ich jemanden an die Haustür hämmern.

»Markus!«, kreischte ich so laut ich konnte. »Markus!«

»Bring sie zum Schweigen«, zischte Mr Lenchester.

Und dann ...

Und dann ...

Es tut mir aufrichtig leid, aber ich glaube, ich kann meine Augen keine Sekunde länger offen halten.

Danke, lieber Leser, dass du mir heute Abend Gesellschaft geleistet hast.

Du hast mir mehr geholfen, als du ahnst.

Aber ich muss es Markus überlassen, dir den letzten Teil meiner Geschichte zu erzählen.

Für mich endet an dieser Stelle alles.

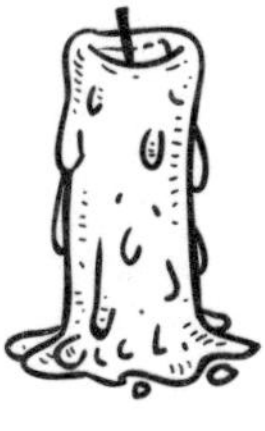

TEIL VIER

MARKUS

21. KAPITEL

ÜBERRASCHUNGSANGRIFF

17.00 UHR

Gracie und ich rannten den ganzen Weg zu Mrs Lenchesters Cottage.

Doch bevor wir an ihre Tür klopfen konnten, raste ein Auto heran und eine bekannte Stimme rief uns zu: »Ich hab mir doch gleich gedacht, dass ich euch zwei erkannt habe.«

Gracies Mum hätte zu keinem ungünstigeren Zeitpunkt auftauchen können. »Wo lauft ihr so eilig hin?«, fragte sie und stieg aus dem Wagen.

Ich erholte mich schnell von dem Schreck und ließ mir eine Ausrede einfallen. »Ach, Sie kennen uns doch, wir halten uns gerne fit.«

»Seit wann das denn?«, bohrte Gracies Mum nach.

»Seit zehn Minuten«, sagte ich. »Ich soll nach dem Unfall ein wenig trainieren, hat man mir gesagt«, fügte ich schlauerweise hinzu. »Sehen Sie – ohne Krücke!«

»Was willst du, Mum?«, fragte Gracie.

»Was ich will? Das ist nicht gerade freundlich.« Gracies Mum klang eingeschnappt. »Ich bin den ganzen Weg gefahren, um euch heimzubringen.«

»Aber hast du denn meine Nachricht nicht bekommen?«, fragte Gracie.

»Nein, ich war zu beschäftigt, um –«

»Mum, ich habe dir eine Nachricht hinterlassen, dass ich heute bei Markus übernachte.«

Ihre Mum sah mich verwundert an. »Aber ich war gerade bei deinen Eltern, und die haben nichts davon erwähnt.«

»Sie haben das ganz kurzfristig beschlossen«, behauptete ich. »Sie glauben, dass Gracie einen guten Einfluss auf mich hat. Diese Spinner. Wie auch immer, wir wollen Sie jetzt nicht länger aufhalten. Bis morgen dann.«

Selbst Gracie wirkte etwas schockiert darüber, wie schnell ich ihre Mum abzuwimmeln versuchte. Aber mir wurde immer unbehaglicher bei dem Gedanken, dass Tallulah Mrs Lenchester besuchte. Etwas stimmte da überhaupt nicht.

»Kann ich euch irgendwo absetzen?«, fragte Gracies Mum.

»Danke nein, wir machen mit unserem Fitnessprogramm weiter«, versicherte ich.

»Nun, dann verausgabt euch nicht allzu sehr. Also, bis morgen, Gracie.«

Endlich stieg Gracies Mum wieder in ihren Wagen, aber dann brauchte sie eine halbe Ewigkeit, um zu wenden, und ich wurde zusehends ungeduldiger. Als sie schließlich weg war, zischte ich Gracie zu: »Und jetzt lass uns an die Tür dieses tödlichen Vampirs hämmern.« Ich ging den Gartenweg hoch und schlug mit beiden Fäusten an die Tür. Aber niemand öffnete.

»Kannst du irgendetwas hören?«, fragte ich Gracie.

»Ich dachte, da hätte jemand deinen Namen gerufen, aber ich bin mir nicht sicher.«

Wir lauschten angestrengt, konnten aber nichts mehr hören.

Der Spätnachmittag lag immer noch schimmernd im blassen

Sonnenlicht, und ich bemerkte plötzlich, dass die Tür von Mrs Lenchesters Cottage vor Kurzem gestrichen worden war. Alles wirkte so friedlich. Und doch war ich sicher, dass sich Tallulah in diesem stillen Cottage befand.

»Zeit für einen Überraschungsangriff«, verkündete ich.

»Du meinst, wir sollen uns verwandeln?«, fragte Gracie.

»Genau.«

Jeder Halbvampir kann sich in eine Fledermaus verwandeln, wenn er es eine Weile trainiert hat. Für uns ist es so selbstverständlich wie Fahrradfahren. Wichtig ist dabei allerdings, dass man es an einem Ort macht, wo man nicht gesehen werden kann, denn wir wollen auf keinen Fall irgendwelche Menschen erschrecken. Also gingen wir zum Fluss, weil wir hofften, dort ungestört zu sein.

»So schnell du kannst«, sagte ich zu Gracie.

Wir trippelten beide auf den Zehenspitzen herum (das ist der Teil, bei dem ich mir immer ein bisschen albern vorkomme) und dachten dabei an absolut nichts.

Ich hatte wohl Probleme, alle Sorgen um Tallulah aus meinen Gedanken zu verbannen, denn Gracie schoss bereits in die Luft und begann als Fledermaus herumzuflattern, während ich immer noch herumtrippelte wie die schlechte Imitation eines Balletttänzers. Doch dann hob ich endlich vom Boden ab, und bald waren zwei Fledermäuse auf dem Weg in Mrs Lenchesters Kammer der Schrecken.

17.20 UHR

Es ist schrecklich, dir zu berichten, was als Nächstes geschah, besonders ... aber ich greife den Ereignissen vor.

Gracie und ich verwandelten uns in Fledermäuse und konnten durch ein Fenster auf der Rückseite von Mrs Lenchesters Cottage hineinschlüpfen.

»Ich hätte nie gedacht, dass ich jemals wieder dieses baufällige alte Cottage betreten würde«, sagte ich. Der modrige Geruch nach Alter und Tod war mir sofort vertraut. Dann hörte ich Stimmen aus dem vorderen Teil des Hauses.

»Dieser Ort macht mir Angst«, sagte Gracie.

»Wenn du hier warten möchtest –«, begann ich.

»Schnauze«, unterbrach Gracie mich fauchend.

Wir flogen in die Richtung, aus der die Stimmen kamen, und landeten in einem so winzigen Zimmer, dass man es wahrscheinlich komplett in einen größeren Umzugskarton hätte stecken können. Unsere Ankunft wurde von den beiden Leuten im Raum nicht bemerkt, da schon andere Fledermäuse herumflatterten wie ein Rudel Haustiere. Obwohl sie sofort entrüstet mit den Flügeln schlugen, als sie uns sahen, war dies eine Reaktion, die nur von einer anderen Fledermaus richtig gedeutet werden konnte. Für menschliche Ohren klang es nur wie ein leichter Anstieg der Schwirrgeräusche.

Mrs Lenchester und der älteste Kerl, den ich je gesehen habe, starrten aus dem Fenster. »Ich habe sie ganz bestimmt weggehen sehen«, sagte Mrs Lenchester.

»Aber sie haben doch so energisch angeklopft«, sagte der Alte mit brüchiger Stimme. »Ich kann nicht glauben, dass sie einfach wieder gegangen sind.«

Sie schauten weiter aus dem Fenster, als stünden sie unter Belagerung. Aber wo war ihre Geisel? Wo war Tallulah?

Gracie und ich ließen die verwirrten Fledermäuse zurück

und flogen in den großen, vollgestellten Raum, an den ich mich so gut erinnerte. Dort saß Tallulah auf dem ausladenden grünen Sofa. Sie war allein, abgesehen von einer einzelnen Fledermaus im Schatten an der Decke. Ihre Hände waren gefesselt und ihr Mund mit einem riesigen Taschentuch geknebelt. Sie zitterte leicht, als ob es kalt wäre, dabei war es hier drin stickend heiß. Ihr Gesicht zeigte einen Ausdruck wilder Entschlossenheit. Gute, tapfere Tallulah, dachte ich. Wir kommen wieder.

Dann flüsterte ich Gracie zu: »Es wird Zeit, dass wir unsere Gastgeber begrüßen, würde ich sagen.«

»Das denke ich allerdings auch.«

Wir flatterten zurück in den winzigen Raum, als der alte Mann gerade sagte: »Wir senden zwei von ihnen aus, damit sie sich umsehen.« Dabei wies er mit dem Kinn auf die Fledermäuse. »Wir müssen genau wissen, wo die Missgeburt hingegangen ist.«

Ich sah Gracie an. Im Handumdrehen verwandelten wir uns wieder zurück und ich verkündete: »Wir stehen direkt hinter Ihnen.«

»Wir wollten nur mal reinschwirren«, fügte Gracie hinzu.

Mrs Lenchester und der alte Knacker fuhren herum und schielten uns fassungslos an. Mrs Lenchester stammelte: »Aber wie ... wie seid ihr reingekommen?«

»Kinderleicht«, sagte ich. »Zuerst haben wir angeklopft, aber Sie haben uns nicht aufgemacht, was nicht besonders freundlich ist.«

»Es ist auch nicht freundlich, einen Gast mit einem Taschentuch zu knebeln«, sagte Gracie.

»Ja, damit kann man jede Unterhaltung zum Erliegen bringen«, stimmte ich zu. »Also werden wir das wieder in Ordnung bringen.«

Ich glaube, ich habe noch nie jemanden vor Wut so rot werden sehen wie diesen alten Knacker. Dann sah ich, dass er seine wässrigen alten Augen auf die Fledermäuse richtete. Er wollte sie gerade anweisen, uns anzugreifen, als Mrs Lenchester leise und warnend sagte: »Denk daran – das ist Markus.«

»Dass Sie mir das ja nicht vergessen«, meinte ich quietschvergnügt.

Sofort begann er in sich zusammenzufallen. Es war erstaunlich. Jetzt weiß ich, warum diese Superhelden immer so cool und gelassen sind. Zu wissen, dass man sich auf seine Superkräfte verlassen kann, steigert das Selbstbewusstsein gewaltig. Ich schlenderte ins Wohnzimmer. Gracie folgte mir. Tallulahs Augen leuchteten vor freudigem Staunen, als sie uns sah. Ich bückte mich, um ihr das Taschentuch vom Mund zu ziehen, während Gracie ihre Hände losband.

Sofort sagte Tallulah: »Du hast dein Gedächtnis wieder.«

»Allerdings. Stell dir vor, es kam zurück, als ich in den *Hinton Tea Rooms* war. Als du angerufen hast, war ich gerade dabei, meine Erinnerungen zu durchleben. Darum konnte ich nicht mit dir sprechen. Es kommt mir vor, als hätte ich dich seit Ewigkeiten nicht gesehen.«

»Stimmt ja auch«, erwiderte sie. »Aber woher haben du und Gracie – hi, Gracie, übrigens – gewusst, dass ich hier bin?« Dann beantwortete sie ihre Frage selber. »Meine kleine Schwester.«

»Stimmt. Aber warum bist du überhaupt hier?«

»Die tödlichen Vampire führen etwas Größeres und Dunkleres im Schilde als jemals zuvor«, begann Tallulah. »Ich musste herausfinden, was es war.«

»Also bist du ganz alleine hierher spaziert.« Ich wandte mich an Gracie. »Sie ist ziemlich verrückt, weißt du. Das gehört zu ihrem Charme.«

»Wir sind auch ganz schön verrückt«, sagte Gracie, »wenn wir einfach nur hier herumhängen und quatschen. Nachdem wir Tallulah jetzt gefunden haben, sollten wir versuchen –«

Die Tür ging auf und Mrs Lenchester kam hereingeschlurft. Sie lächelte zuckersüß und setzte sich neben Tallulah aufs Sofa. Ihrem verzückten Gesichtsausdruck nach zu urteilen, hätte man meinen können, dass Mrs Lenchester sich auf einen gemütlichen Plausch mit ihrer Lieblingsenkelin freute, dabei war Tallulah bis eben noch ihre Geisel gewesen.

»Na, das ist ja ein schnelles Wiedersehen, hm?«, meinte sie. »Und wie gut ihr alle ausseht.«

»Aber dem werden Sie bald ein Ende setzen«, bemerkte ich.

»Du böser Junge«, giggelte Mrs Lenchester.

Der alte Knacker kam auch hereingeglitten. Für so einen alten Herrn bewegte er sich erstaunlich geschmeidig. Aber er setzte sich nicht aufs Sofa. Er blieb kerzengerade im Türrahmen stehen, wie ein Wachposten. Dabei bohrte sich sein Blick sehr unfreundlich in mich, er sagte jedoch nichts. Das wagte er nicht. Ich genoss das. Tatsächlich genoss ich es sogar ein wenig zu sehr.

Im Moment jedoch hatte ich alles unter Kontrolle, und so stellte ich mich in die Mitte des Zimmers und verkündete: »Ist es nicht großartig, dass mein Gedächtnis wieder zurück ist? Und außerdem bin ich in Topform und kann meine Umgebung wieder mit meiner erfrischenden Persönlichkeit beglücken. Es ist übrigens sehr umsichtig von Ihnen, Mrs Lenchester, dass Sie Tee für uns vorbereitet haben.« Ich deutete auf das Tablett mit Tee und Plätzchen auf dem Tisch. »Wo Sie doch nicht einmal wussten, dass wir vorbeischauen würden. Ich frage mich nur, wie Tallulah ihren Tee trinken sollte. Oh, und Sie haben uns ja diesen jungen Mann noch gar nicht vorgestellt.«

Mrs Lenchester murmelte: »Entschuldigung, das ist mein Mann.«

Zum ersten Mal seit unserer Ankunft war ich sprachlos. »Ihr *verstorbener* Mann?«, fragte ich.

»Ja, er ist zu mir zurückgekehrt«, sagte Mrs Lenchester.

»Sind Sie ein Geist?«, fragte ich.

»Er hasst es, wenn man ihn so nennt«, ließ Tallulah mich wissen.

»Ich bin ganz gewiss kein Geist«, schnappte Mr Lenchester zurück. »Und ich muss dich bitten, mir nicht zu nahe zu kommen, da ich gegen den Geruch von Missgeburten allergisch bin.«

»Das ist mehr als garstig«, fand Tallulah.

Aber ich wollte nicht näher ergründen, wieso ich als Missgeburt bezeichnet wurde – schließlich wusste Tallulah immer noch nicht, dass ich ein Halbvampir war, und ich wollte nicht, dass jemand mein Geheimnis erfuhr, nicht einmal sie. Also sagte ich hastig: »Sie sind ja ein richtiger Spaßvogel.«

Da hörten wir, wie die Hintertür geöffnet wurde, gefolgt von schnellen, sicheren Schritten.

Kurz darauf platzte eine sehr seltsam aussehende Frau ins Zimmer.

»Ah, da ist ja unsere überaus talentierte Großnichte Andy«, stellte Mrs Lenchester sie vor, als würde sie ein Nachmittagsteekränzchen abhalten.

»Was machen die denn hier?« Andy sah uns mit einem noch unfreundlicheren Stirnrunzeln an als Mr Lenchester.

Mrs Lenchester erhob sich. »Kann ich kurz mit dir reden, Liebes?« Sie führte sie aus dem Zimmer und wir bekamen nur noch hektisches Flüstern mit. Mr Lenchester starrte mich von der Tür aus weiterhin bösartig an.

Ich lächelte ihn an. »Wo soll es denn dieses Jahr im Urlaub hingehen?«

Tallulah lachte schallend. Es gibt immer noch nichts Besseres auf der Welt, als jemanden zum Lachen zu bringen, besonders Tallulah. Mr Lenchester wandte allerdings den Kopf ab, als hätte ich ihm eine Ohrfeige verpasst.

»Ich fürchte, dass er leider nirgendwo hingehen kann«, sagte ich.

Da kamen Andy und Mrs Lenchester zurück. Sie stellten sich rechts und links neben Mr Lenchester.

Gracie deutete auf Andy und rief: »Ich kenne dich. Du hast mir diesen grässlichen Porzellanhund verkauft.«

Andy lachte, wobei sich ihr Gesicht zu einer scheußlichen Grimasse verzog. Selbst jetzt konnte sie es nicht lassen, mit ihrer Klugheit zu prahlen. »Und du bist voll und ganz drauf reingefallen. Wir haben gesehen, wie du dir auf der Bank die Seele aus dem Leib geschluchzt hast, da wussten wir, wie wir dich kriegen können.«

Gracies Gesicht lief rot an.

»Du dumme, leichtgläubige, liebeskranke Witzfigur«, fuhr

Andy fort. »*Wenn ein Geschenk aus Liebe überreicht wird, wirkt der Zauber besonders gut.*« Sie kicherte.

Eine Welle von Wut durchfuhr mich. Besonders als ich sah, wie Gracie vor Andys grausamen Worten zurückzuckte. Allerdings hatte es wenig Sinn, sich mit tödlichen Vampiren zu streiten. Es wurde endlich Zeit für das, worauf ich hingearbeitet hatte – uns alle hier rauszukriegen.

Also sagte ich: »Danke für die Gastfreundschaft, wir haben uns wie zu Hause gefühlt. Obwohl ich nur höchst ungern hier zu Hause wäre. Jetzt müssen wir leider gehen.«

Sofort wuchs die Anspannung im Raum, ganz wie ich erwartet hatte. Mr Lenchester und Andy schäumten vor Wut und Frust. Aber sie sagten nichts. Sie waren immer noch sehr vorsichtig, wenn es darum ging, sich mit einem Halbvampir mit besonderen Fähigkeiten anzulegen. Ich wandte mich an Tallulah. »Gehst du bitte zuerst?«

Tallulah zögerte keine Sekunde. »Ich wüsste nicht, was ich lieber täte.« Doch ihre Stimme zitterte merkwürdig, als sie aufstand und vom Sofa zur Tür ging. Kein besonders weiter Weg. Nur wenige Schritte, dann stand sie direkt vor den dreien, während die Stille im Raum hing wie eine dicke Staubschicht. Wenn es Tallulah gelang, ohne Zwischenfälle an ihnen vorbeizugehen und das Haus zu verlassen, dann war es aus und vorbei mit den tödlichen Vampiren.

Wir hätten sie endgültig besiegt. Die Demütigung und der verletzte Stolz würden ihnen den Garaus machen.

Kein Wunder, dass mir das Herz bis zum Hals klopfte, als Tallulah zu Mrs Lenchester sagte: »Dürfte ich bitte vorbei.«

Sie antwortete nicht.

Da knallte Mr Lenchesters Stimme wie ein Pistolenschuss durch die Stille: »Stopp!«

»Ignoriere ihn, Tallulah«, drängte ich sie. Ich war immer noch fest davon überzeugt, dass ich die Situation im Griff hatte.

Doch in dem Moment fingen drei Fledermäuse an, Tallulah bedrohlich zu umkreisen. Sie waren so lautlos über unseren Köpfen geschwebt, dass ich sie fast vergessen hatte. Aber Mr Lenchester hatte ihnen offensichtlich ein geheimes Signal gegeben.

Ich sah zu ihnen hoch. »He, ihr Vampirchen. *Ich* bin euer Ziel.«

»Ich sollte dich warnen, sie sind bissig«, sagte Mr Lenchester.

»Uh, da zittere ich ja vor Angst.« Ich grinste und verbeugte mich vor den Fledermäusen. »Ihr wollt also spielen, hm?«

22. Kapitel
Eine Katastrophe

Als Gracie mich den Superhelden des Orts genannt hatte, war das Musik in meinen Ohren gewesen. Meine Brust war vor Stolz angeschwollen.

Aber als die beiden Fledermäuse auf mich zuschossen, durchzuckte mich ein seltsames Gefühl wie ein gewaltiges Beben. Mein ganzer Körper wurde durchgeschüttelt.

War das eine Art Warnung? *Du spielst gern den Superhelden, aber du bist nicht wirklich einer.* Nein, das war Quatsch. Ich besaß wirklich eine Superkraft, mit der ich vorhin diese Fledermäuse verscheucht hatte.

Plötzlich geriet die abgestandene Luft um mich herum in Bewegung, als die Fledermäuse auf mir landeten. Sofort begannen sie, sich an meinem Hals zu schaffen zu machen. Ich wand mich wie wild, atmete tief ein und zielte mit meinen Fäusten nach ihnen. Doch ich war viel zu schwach. Ein neugeborenes Kätzchen hätte sich besser verteidigen können als ich.

Immer mehr Fledermäuse, die draußen oder irgendwo in der Nähe auf ein Zeichen gewartet haben mussten, stürzten sich wie ein wild kreiselnder und aufgekratzt kreischender Pulk auf mich. Es war ein wahres Massaker aus unzähligen Flügeln und kleinen Zähnen. Ich stolperte rückwärts und mühte mich vergebens, die Viecher von mir abzureißen.

Es war eine absolute Katastrophe.

Die ganze Zeit überlegte ich fieberhaft, was denn da los war? Es ergab überhaupt keinen Sinn. Doch dann wurde es mir klar, als plötzlich wie ein Feuerwerk eine letzte verschollene Erinnerung in meinem Gehirn explodierte. Und die war alles andere als erfreulich.

Es war in Paris gewesen. Obwohl der Kurs immer noch lief, musste ich gehen. Man hatte mich rausgeworfen, aus einem einfachen Grund. Die erstaunlichen Superkräfte, die ich in Great Walden gegen die tödlichen Vampire eingesetzt hatte, waren nie wieder aufgetreten. Das kann passieren. Superkräfte können für ein oder zwei Tage auflodern und dann augenblicklich wieder verschwinden. Es ist dann so, als wären sie hinter einer unsichtbaren Wand verborgen, die man niemals einreißen kann.

Und genau das war mir passiert.

Kein Wunder, dass es das Letzte war, das mir wieder einfiel. Jeder hätte so eine Schmach gerne aus seiner Erinnerung verbannt.

Niemand wusste davon, außer natürlich Mum und Dad. Aber der erste Tag nach unserer Heimkehr aus Paris, als meine Eltern sich redlich bemühten, gute Miene zum bösen Spiel zu machen, war grässlich gewesen. Darum war ich am späten Nachmittag auf meinem Fahrrad losgezogen ... auf der Flucht vor der Demütigung, die mir wie ein Stein im Magen lag.

All das schoss mir durch den Kopf, während ich versuchte, einen Massenangriff von Fledermäusen abzuwehren, und dabei so spektakulär scheiterte, dass Gracie und Tallulah mir zu Hilfe kommen mussten.

So hatte ich mir das überhaupt nicht vorgestellt. Aber das Grauen war noch nicht vorbei, denn Mr Lenchester sagte mit seiner trockenen Reibestimme: »Schwarze Witwe.« Ich fragte mich, warum er so etwas rief, aber kurz darauf wusste ich es.

Etwas Kleines, glänzend Schwarzes jagte mein Bein hoch. Und schon rief Mr Lenchester einen anderen Namen. Es klang wie »Hobo«, und eine weitere Spinne landete mitten auf meinem Bauch. Es war die haarigste Spinne, die ich jemals gesehen hatte.

Wie ein Magier, der komplett durchgedreht war, konnte Mr Lenchester nicht mehr aufhören. »Springspinne«, rief er als Nächstes, und augenblicklich sprang mir eine Spinne mit riesigen Augen mitten ins Gesicht.

Vor blankem Entsetzen hätte ich beinahe gellend gekreischt. Natürlich wusste ein Teil von mir, dass es sich nur um eine Illusion handelte, aber ich konnte wirklich spüren, wie diese Spinnen auf mir herumkrabbelten, besonders die Springspinne, die jetzt auf meiner Nase hockte. Das war nämlich immer schon mein schlimmster Albtraum gewesen: dieses gruselige Kitzeln zu spüren und dann eine riesige Spinne auf mir herumkrabbeln zu sehen. Und Mr Lenchester wusste das, weil tödliche Vampire in Sekundenschnelle deine schlimmsten Ängste durchschauen, wenn sie dich zum ersten Mal sehen.

Inzwischen hatten die Fledermäuse ihre Aufmerksamkeit auf Tallulah und Gracie gerichtet. Das schockierte mich mehr als die grässlichen Spinnen. Ich war hergekommen, um Tallulah zu retten, und was hatte sie jetzt davon? Sie war in größerer Gefahr als zuvor und Gracie war in den Strudel der Ereignisse mit hineingezogen worden.

Ich wusste, dass ich nur eines tun konnte, sosehr es mir auch widerstrebte. Aber ich hatte keine Wahl, also schrie ich verzweifelt: »Ich gebe auf!«

»Ich kann dich nicht hören«, krächzte Mr Lenchester, der mich sehr wohl gehört hatte. Er wollte nur, dass ich um Gnade winselte.

Mehr als mein »Ich gebe auf!« würde er nicht bekommen, aber ich rief es wirklich noch ein zweites Mal.

Und das schien ihm zu genügen.

Die furchtbaren Spinnen verschwanden auf der Stelle. Über unseren Köpfen erstarrten die Fledermäuse, als hätte jemand einen Schalter umgelegt. Gracie, Tallulah und ich wichen in eine Ecke des Raums zurück, direkt neben den Fenstern mit den schweren Vorhängen. »Ich habe alles total vermasselt«, sagte ich zu den beiden. »Und es tut mir wirklich sehr leid.«

Sie versicherten mir, dass es völlig in Ordnung sei und dass ich heute einfach nicht besonders gut in Form sei. Dabei hatte ich mich noch nie weniger als Superheld gefühlt.

Mr Lenchester kam in einer fließenden Bewegung auf uns zu, ein schwaches Lächeln auf den dünnen Lippen. »Es sieht für unseren Helden nicht gut aus, würde ich sagen. Der weiße Ritter ist von seinem Pferd gefallen und kann nicht mehr aufsteigen. Und mir hat man gesagt«, fuhr er mit einem vorwurfsvollen Blick auf seine Frau fort, »dass dieser Junge –«

»Die Gerüchte über seine Superkräfte waren offensichtlich eine maßlose Übertreibung«, unterbrach Andy ihn verächtlich. »Er ist so schwach wie der Rest seiner Spezies.«

»Ich kann das alles hören«, sagte ich.

»Na, dann hör dir mal das an«, sagte Mr Lenchester. »Im Leben geht es nur um eines – Macht. Macht regiert die Welt. Und du hast uns gerade deine völlige Machtlosigkeit offenbart. Aber mach dir keine Sorgen – wir werden dich lediglich bitten, ein Geschenk von uns anzunehmen. Haben wir noch welche, die vorbereitet sind?«

»Es sind nur noch zwei übrig«, sagte Andy eifrig.

Sie ging, woraufhin Tallulah aufschrie. »Nein, nein, nein! Du darfst das nicht zulassen!«

23. KAPITEL

BLITZE IM ZIMMER

»Sie präparieren für dich einen Spielzeughund mit schwarz angemalten Augen«, erklärte Tallulah weiter.

»So wie der, den ich schon hatte«, sagte ich.

»Der, den ich unbedingt für dich kaufen wollte«, fügte Gracie düster hinzu.

»Der Autounfall war nur ein Ablenkungsmanöver«, sagte Tallulah. »Der Hund war verzaubert, und wenn ihn jemand als Geschenk annimmt, wird er sein Gedächtnis verlieren. Nicht sofort, aber etwa zwölf bis vierzehn Stunden später. Nur sind die neuen Hunde sogar noch schlimmer. Sie löschen nicht nur ein paar Monate aus, sondern nehmen einem viele Jahre des Lebens ...« Ihre Stimme brach und klang plötzlich ganz erstickt.

»Du wirst sogar von Glück sagen können, wenn du dich noch an deinen eigenen Namen erinnerst«, sagte Mr Lenchester mit seiner trockenen, gefühlskalten Stimme.

»Aber das dürfen Sie nicht machen!«, schrie Tallulah.

»Da muss ich dir widersprechen«, sagte Mr Lenchester, jetzt völlig Herr der Lage.

Mrs Lenchester ging zu ihm und flüsterte ihm etwas ins Ohr, das so klang, als gäbe es Schwierigkeiten, noch zwei weitere Übernachtungsgäste mehr im Cottage zu haben.

»Sie werden sowieso fast die ganze Zeit schlafen«, erwiderte er mit einer Stimme so kalt wie ein Eiszapfen. »Uns bleibt nichts anderes übrig. Wir haben noch neunhundertsiebenundneunzig Hunde, die so spät geliefert wurden, dass wir den Großteil der Nacht brauchen werden, um sie zu transformieren.«

Sie zu transformieren, dachte ich verächtlich. Wohl eher, um sie mit ihrem Gift zu infizieren.

»Darum können wir wirklich nicht noch mehr wertvolle Zeit mit diesen Missgeburten verplempern«, sagte er knapp.

Andy kam mit zwei Hunden zurück. Mr Lenchester riss sie ihr aus den Händen und glitt geräuschlos auf uns zu. Andy und Mrs Lenchester waren direkt hinter ihm und seine Armee von Fledermäusen kreiste über seinem Kopf. Sein Gesicht war so streng und hart wie Fels, seine Augen wie zwei schwarze Steine.

Es war das furchterregendste Gesicht, das ich jemals gesehen hatte.

Denn dieser tödliche Angreifer würde uns Jahre unseres Lebens stehlen, ohne auch nur mit der Wimper zu zucken. Ich durfte das nicht zulassen. Ich musste ihn aufhalten, aber wie? Ich stand direkt vor dem Fenster. Ich könnte mich dagegenwerfen, es zerschlagen und fliehen. Ein Superheld würde genau das tun, aber ich war keiner mehr.

Aber ich konnte immer noch versuchen, Gracie zu beschützen.

Ich sprang vor sie.

»Nein, Markus!« Ich spürte ihren heißen Atem in meinem Nacken.

»Doch«, sagte ich fest.

»Ein Kavalier bis zum Schluss«, meinte Mr Lenchester. Seine Lippen zuckten. Er machte sich über uns lustig.

»Da könnte ich kotzen«, gackerte Andy. Sie war so abscheulich wie ihr Großonkel.

Ich langte hinter mich, bekam Gracies Hand zu fassen und hielt sie fest. Sie war vor Schreck wie gelähmt – und da war sie nicht die Einzige. Ich beschloss, gegen die drei tödlichen Vampire zu kämpfen, wenn sie nah genug wären. Ich würde nicht mal mehr versuchen, meine Superkräfte zu aktivieren, denn die hatten sich offensichtlich vom Acker gemacht. Ich würde einfach drauflosschlagen, auch wenn ich keine Chance hatte zu gewinnen. Aber vielleicht gelang es mir, die drei so gut abzulenken, dass Gracie und Tallulah fliehen konnten. Es war ein verzweifeltes Vorhaben, aber immer noch besser als nichts.

Ich würde wenigstens nicht kampflos untergehen.

Ich drehte mich zu Tallulah um und bot ihr ebenfalls meine Hand an, doch sie schüttelte nachdrücklich den Kopf.

Sie war selbst vor Wut außer sich, weil Gracie und ich in Gefahr waren. »Ich werde nicht zulassen, dass sie euch das antun!«, rief sie plötzlich.

Andy giggelte hämisch. Und auch Mr Lenchester gönnte sich ein weiteres schwaches Lächeln.

»Das muss jetzt aufhören«, fuhr Tallulah fort. »Haben Sie mich gehört?«

»Das verblendete Kind«, murmelte Mr Lenchester verächtlich.

Ich warf einen weiteren Blick auf Tallulah. Sie war jetzt so wutentbrannt, dass ich direkt erwartete, Funken aus ihren Augen fliegen zu sehen. Tallulah wird ziemlich oft wütend. Dann fiel mir auf, dass sie etwas in der Hand hielt. Würde sie es ohne Vorwarnung nach Mr Lenchester werfen? Konnten wir die Verwirrung zur Flucht nutzen?

Mr Lenchester stand jetzt direkt vor mir. »Wir fangen mit diesem gefallenen weißen Ritter an«, sagte er. »Er läuft ja fast über vor Verzweiflung. Nimm dieses Geschenk an, und du wirst keinen Schmerz spüren, während unser Zauber in deinen Geist eindringt und deine ganzen Erinnerungen aufsaugt. Also –«

Aber nun rief eine andere Stimme: »Geh zurück in die Dunkelheit, aus der du gekommen bist.« Sie klang so streng, so autoritär, dass ich einen Augenblick brauchte, um zu erkennen, dass es Tallulahs Stimme war.

Dann schrie jemand: »Nein, nein!« Es war Mrs Lenchester. Und aus dem Nichts schoss ein Blitz durch den Raum und erhellte ihn.

Der Blitz fuhr im Zickzack durch die Luft, bevor er sich um Mr Lenchester schloss und ihn einfach hochhob.

24. KAPITEL

WAS HAT TALLULAH GETAN?

Schwarzer Rauch waberte um Mr Lenchester, der wie von unsichtbaren Fäden gehalten in der Luft hing. Sein Haar war angekokelt, sein Gesicht und der Hals leuchteten rot. Die beiden Hunde waren ihm aus der Hand gefallen und lagen zerbrochen auf dem Boden.

Mrs Lenchester starrte ihren Mann mit vor Entsetzen weit aufgerissenen Augen an, dann wandte sie sich an Tallulah. »Was hast du getan? Was hast du getan?« Sie wiederholte es wie ein Papagei.

Gracie und ich starrten Tallulah ebenfalls an – voller Staunen. »Du hast das gemacht«, sagten wir gleichzeitig. »Aber wie?«

Tallulahs Blick war starr, als stünde sie unter Schock. »Sie hat mir einen Talisman gegeben. Ich habe nur –«

»Ich habe ihn dir gegeben, damit du dich an den Menschen rächen kannst«, kreischte Mrs Lenchester.

»Du hast dieser Kreatur einen Talisman gegeben?«, rief Andy entsetzt.

»Was für einen Talisman?«, fragte ich Tallulah.

Bevor sie antworten konnte, stieß Mrs Lenchester einen Schrei aus. Der Körper ihres Mannes war zur Hälfte verschwunden. Er hatte sich einfach aufgelöst. Die noch vorhandene Hälfte seines rot angelaufenen Gesichts war wutverzerrt. »Du Idiotin«, krächzte er seine Frau an. »Du unglaublich dumme Idiotin.« Doch seine Stimme war ebenfalls dabei, sich aufzulösen, und so klang es, als spräche er vom Grund eines sehr tiefen Brunnens. »Du hast alles ruiniert ... das ist alles deine Schuld.« Das waren die letzten Worte, die er seiner Frau zuzischte, bevor auch die andere Hälfte seines Körpers sich auflöste, bis nichts mehr zurückblieb als ein paar große, verhutzelte Staubflocken.

»Wusstest du nicht, dass mein Großonkel der Macht dieses Talismans hilflos ausgeliefert sein würde?«, schrie Andy Mrs Lenchester an. »Wir mussten so viele Kräfte vereinen, damit er sich materialisieren konnte, und nun hast du einem Menschen geholfen, ihn für immer zu zerstören.«

»Ich weiß, was ich getan habe!«, jammerte Mrs Lenchester hysterisch. »Oder vielmehr, was *du* getan hast«, schrie sie Tallulah an. Ihre dunklen Augen schienen noch schwärzer geworden und tiefer in ihre Höhlen gesunken zu sein.

»Ich habe Sie gewarnt«, sagte Tallulah. »Ich musste ihn daran hindern, meine Freunde zu vernichten. Aber ich wusste nicht, wozu der Talisman in der Lage ist.«

»Entschuldige dich nicht«, sagte ich zu Tallulah.

»Das tue ich nicht«, erwiderte sie.

»Du hast etwas Großartiges geleistet«, fuhr ich fort.

»Du hast uns gerettet!«, sagte Gracie. »Ich finde aber, dass wir jetzt wirklich gehen sollten und –« Sie kam nicht dazu, den Satz zu beenden. Stattdessen keuchte sie auf. Weißer Schleim begann auf Mrs Lenchesters Kinn zu tropfen, genau wie das letzte Mal, als ich sie besiegt hatte. Ein Vampir hat einen so großen Stolz, dass für ihn alles verloren ist, sobald er gedemütigt wird. Mrs Lenchester hatte sich schon zusammengekrümmt, und nun begann sie so schnell zu verschrumpeln, als hätte jemand einen Vorspulknopf gedrückt. Wenige Sekunden später war von ihr nur noch ihr Mund übrig, der sagte: »Mein Herz zerfällt zu Staub. Es ist vorbei.«

Und dann war sie fort.

»Jetzt sind wir sie endlich los«, stellte ich fest.

»Ja«, sagte Tallulah, klang dabei aber überhaupt nicht triumphal.

»Dieser Talisman ist eine Granate!«, sagte ich.

»Warum hat sie ihn dir bloß gegeben?«, wollte Gracie wissen.

»Sie hat gesagt, ich hätte besonderes Blut und wäre eine der Goldenen«, sagte Tallulah leise, »und dass ich mithilfe des Talismans zaubern könnte. Ich glaube, sie hatte es darauf angelegt, mich auf ihre Seite zu ziehen, weil sie wusste, dass ich mit Menschen nicht besonders gut klarkomme.«

Eine unheimliche Stille entstand. Die Fledermäuse, die über uns herumgeflattert waren, rührten sich nicht mehr.

Genau wie Andy, die mit gesenktem Kopf mitten im Zimmer stand.

Ich ging an ihr vorbei zur Tür und bedeutete Gracie und Tallulah mit einem Nicken, mir zu folgen. Zu Andy sagte ich: »Du hast gehört, was Mrs Lenchester gesagt hat. Es ist vorbei.«

Andys Kopf fuhr hoch. »Wie kommst du denn darauf?«

25. KAPITEL

DIE ENTSETZLICHSTEN NEUIGKEITEN

Ein unheimliches Flackern war in Andys sonst so ausdruckslose Augen getreten, als sie verkündete: »Ich bin hier diejenige, die die Fäden zieht. Wir brauchen diese alten Knacker nicht.« Wirklich berührend zu sehen, wie sehr sie ihre Familie vermisste. »Der Plan wird wie vorgesehen umgesetzt«, kreischte sie. Dann gab sie einen seltsamen Laut von sich, eine Mischung aus Schrei und Kampfruf.

»Nichts wie raus hier!«, drängte ich die beiden Mädchen.

Tallulah sah mich an. »Ich gehe nirgendwo hin. Ich werde den Talisman einsetzen.« Sie umklammerte für einen Augenblick meinen Arm. »Keine Sorge. Ich bin sicher, dass es noch einmal funktionieren wird.«

Plötzlich war ich voller Zuversicht, vielleicht weil sie so entschlossen klang. Und ich wusste genau, was ich dabei zu tun hatte. Ich musste die Aufmerksamkeit der Fledermäuse auf mich lenken, während Tallulah versuchte, diesen Talisman noch einmal zu aktivieren.

Zwei der Vampirfledermäuse waren schon drauf und dran, sich auf Tallulahs Gesicht zu stürzen. Sie hob abwehrend eine Hand, während sie in ihrer Tasche nach dem Talisman suchte.

Dann geschah etwas absolut Unglaubliches. Mein ganzer Körper schien zu kitzeln und zu pochen. Es war, als wäre eine unsichtbare Macht von außen in mich reingesickert. Sie durchzuckte mich wie ein elektrischer Schlag. Im nächsten Augenblick rammte ich meine Faust in die beiden Fledermäuse, die Gracie attackierten, und mit einem einzigen Hieb – ich übertreibe wirklich nicht, ein Hieb reichte vollkommen – ließ ich beide quer durch den Raum taumeln.

Von neuer Zuversicht erfüllt, jubelte ich Gracie und Tallulah zu: »Ich bin wieder zurück!«, und ließ gleichzeitig eine weitere Fledermaus davonsausen, ohne mich groß anzustrengen.

Meine Superkraft, die mich seit Wochen im Stich gelassen hatte – warum auch immer –, war auf wunderbare und aufregende Weise wieder zurückgekehrt.

»Gut gemacht!«, jubilierte Gracie. »Und sieh nur ...«

Ein gewaltiger Feuerblitz war aus Tallulahs Fingern geschossen und hatte eine der beiden Fledermäuse erfasst, die sie gerade angreifen wollten. Die Fledermaus war so schockiert, dass sie sich in ihre normale Gestalt zurückverwandelte, einen sehr jungen Vampir, nicht älter als sechzehn oder siebzehn Jahre. Er starrte uns fassungslos an, dann explodierte er in Tausende von Staubkörnchen, die fast alle auf Mrs Lenchesters Sofa landeten.

»Hey, sind wir ein tolles Team!«, rief ich Tallulah zu.

»Ein tolles Team!«, rief sie zurück.

Da steuerte ein weiterer Vampir auf mich zu, der sich noch im Anflug verwandelte. Er sah ebenfalls jung aus und war obendrein groß und kräftig gebaut. Er hatte offensichtlich vor, mich mit einem Boxhieb schachmatt zu setzen. Eine riesige Faust raste auf mich zu, aber ich schleuderte ihn mit nur einer

Hand so kraftvoll weg, dass er an die Wand knallte (ja, es stimmt, ich zog jetzt eine ziemliche Show ab). Er glitt zu Boden, wo er ebenfalls in einen Staubregen zerbarst. Ich fühlte mich allmählich wie ein Fußballer, der nach einer längeren Auszeit nicht aufhören konnte, Bälle ins Tor zu ballern.

Auch Tallulah schlug sich erstklassig. Aber dann rief Gracie ihr eine Warnung zu. Andy, die unter lautem Frustgebrüll zugesehen hatte, wie wir ihre junge Armee zerschlugen, eilte plötzlich auf Tallulah zu und begann sie zu schütteln wie ein wütendes Kind seine Puppe.

»Lass mich los«, röchelte Tallulah, die mit so einem Angriff nicht gerechnet hatte.

Dann erkannte ich, was Andy im Schilde führte. Sie versuchte, Tallulah den Talisman zu entreißen. Ich stürzte zu den beiden, aber Tallulah hatte schon begonnen, mit der linken Hand zu fuchteln und einen Feuerball direkt in Andys Magen zu schleudern. Andy schreckte sofort zurück, während dunkelrote Flammen sie komplett einhüllten.

Ein Heulen zerriss die Stille – es war das wütendste Heulen, das ich je gehört habe. Es war, als würde jemand einen Fluch ausstoßen. Ich bekam es gewaltig mit der Angst zu tun.

Andy zerfiel nicht zu Staub. Es war eher so, als würde sie von einem unsichtbaren Riesen aufgefressen werden, denn sie verschwand von einem Augenblick auf den anderen. Auch ihre Vampir-Armee war wie weggewischt.

»Wir haben es geschafft«, keuchte ich.

»Ihr zwei wart fantastisch«, jubelte Gracie. »Hätte ich doch nur mein Autogrammheft dabei!«

»Keine Sorge, es wird uns nicht zu Kopf steigen«, lachte ich.

»Mir zumindest nicht. Ich meine, am Anfang habe ich mich schrecklich angestellt.«

»Das kann man wohl sagen.« Gracie grinste. »Aber das hast du alles wiedergutgemacht.«

Wir sanken aufs Sofa. Der Staub, zu dem die tödlichen Vampire zerfallen waren, stob auf und wirbelte herum. Wir waren alle total erschöpft.

»Da wäre nur noch eine Sache zu erledigen«, sagte Tallulah mit leiser, ruhiger Stimme.

Gracie und ich sahen sie fragend an.

»Wir müssen noch einen Spielzeughund finden und zerstören. Tut mir leid, wenn ich damit die Stimmung verderbe«, fuhr sie mit einem seltsamen kleinen Lachen fort. »Die Sache ist die: Bevor ihr kamt, wurde ich gezwungen, eins dieser grässlichen Dinger als Geschenk anzunehmen.«

»Du – du musstest es annehmen?«, stammelte ich, während Gracie mit dem Mund ein völlig entgeistertes »O« formte.

»Üble Sache, ich weiß«, sagte Tallulah so locker, dass die Neuigkeit dadurch umso schrecklicher wurde. »Ist schon witzig, dass ich in dem Moment nicht daran gedacht habe, den Talisman zu benutzen. Ich war zu sehr damit beschäftigt, eine Fluchtmöglichkeit zu finden. Ich habe Andy gehörig aus dem Gleichgewicht gebracht mit meinem Rugby-Angriff.« Sie seufzte aus tiefstem Herzen. »Wenn der Porzellanhund dabei wenigstens zerbrochen wäre, aber nein, kein Glück. Alle sind wieder auf mich losgegangen.« Ihre Stimme wurde immer leiser. »Ich hatte keine Chance. Ich muss kurz ohnmächtig geworden sein, denn als ich wieder zu mir kam, schlossen sie meine Hand um den Hund und haben in einem Singsang erklärt, dass ich das Geschenk angenommen habe. Anscheinend genügt das, damit der Zauber wirkt.« Sie fuhr fort: »Habt ihr euch nicht gefragt, wieso sie uns zwei Hunde aufzwingen wollten und weshalb keiner für mich dabei war?«

Ich hätte mich das wirklich fragen sollen, aber ich weiß nicht, ob mir das überhaupt aufgefallen ist. Ich schätze, ich war zu sehr damit beschäftigt gewesen, mir um mich selbst Sorgen zu machen.

»Aber hey, kein Grund, den Kopf hängen zu lassen«, versuchte Tallulah uns aufzuheitern. »Außerdem gibt es auch gute Neuigkeiten. Nachdem sie mir den Hund aufgezwungen hatte, nahm Andy ihn mir wieder weg, damit ich ihn nicht kaputt schlagen konnte, falls ich aufwachte. Ich bin sicher, dass sie mit ihm in die Küche ging und dass ich gehört habe, wie ein Schrank geschlossen wurde.«

»Dann werden wir ihn finden«, behauptete ich sofort. Wir gingen mit schnellen Schritten in die Küche und rissen sämtliche Schränke auf. Alle waren über und über vollgestopft mit Zeug, darunter mindestens vierzig Teekannen und endlose Reihen von Teetassen. Aber von dem Porzellanhund keine Spur.

Wir suchten weiter wie wahnsinnig und warfen alles aus den Schränken. »Er muss hier sein«, sagte ich, fest davon überzeugt.

War er aber nicht.

Dann meinte Gracie: »Vielleicht hat Andy ihn nach nebenan gebracht.«

»Also nichts wie rüber«, sagte ich. Wir liefen zum anderen Cottage. Die Tür stand offen, was mir verdächtig vorkam. Entweder hatte die Vampirin ihr Haus bereits verlassen, oder sie wollte aus irgendeinem Grund, dass wir eintraten. Aber das behielt ich für mich.

Im Gegensatz zu Mrs Lenchesters Haus war dieses hier nahezu unmöbliert. Genau genommen enthielt es nichts als Pflanzen – sie standen einfach überall – und Bilder von düsteren Landschaften.

Wir waren wieder dabei, verzweifelt nach dem Hund zu suchen, als irgendwo hinter uns Geheul erscholl. Es klang genauso wie das Heulen, das Andy ausgestoßen hatte, als sie in Flammen aufging. Wir reckten die Köpfe.

»Nein, ich bin nicht hinter euch«, hörten wir Andys Stimme. »Aber meine Stimme ist bestens zu hören. Ich wollte euch nur wissen lassen, dass ihr den Hund niemals finden werdet. Dafür habe ich gesorgt.«

»Aber du hast verloren!«, rief ich. »Was nützt er dir jetzt noch?«

»Dieser Hund ist meine kleine, aber absolut tödliche Rache!«, schrie Andy. Ihre Stimme wurde dabei immer höher und kreischender. »Viel Glück beim Suchen ...«

26. Kapitel

Die Entdeckung

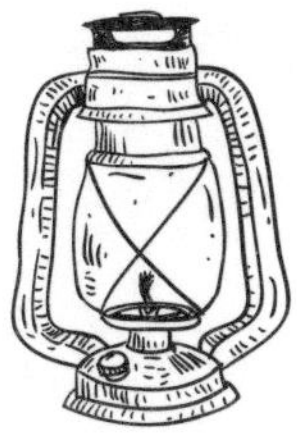

18.20 Uhr

Wir suchten weiter nach dem Spielzeughund, nur für den Fall, dass Andy gelogen hatte. Aber wir konnten ihn nirgends entdecken. Schließlich gingen wir wieder nach draußen.

Immerhin war es eine Erleichterung, der abgestandenen, klammen Atmosphäre der beiden Cottages zu entkommen. Gierig sogen wir die frische Luft ein.

»Am besten erzählen wir alles meinen Eltern«, sagte ich, als wir uns auf den Heimweg machten, auch wenn ich mich darauf kein bisschen freute. »Es muss einen Gegenzauber geben«, sagte ich zu Tallulah. »Den werden sie kennen. Ich meine, dafür hat man schließlich Eltern, nicht wahr? Die wissen doch alles.«

Bevor sie sich fragen konnte, was meine Eltern so wussten, von dem ihre keine Ahnung hatten – besonders, wenn es um Magie von tödlichen Vampiren ging –, wurde mir klar, dass ich am besten alleine mit ihnen sprechen sollte. Ich hatte ihnen schließlich eine Menge zu berichten. Also ließ ich Tallulah mit Gracie im Wohnzimmer und ging in die Küche, wo Mum und Dad die Pläne für die neuen Einbauschränke studierten.

Sie waren so gut drauf, dass sie mir fast schon leidtaten. Ich erzählte ihnen im Schnellverfahren von den heutigen Ereignissen. Als ich erwähnte, dass Mrs Lenchester zurück war und dass Gracie und ich Tallulah in Mrs Lenchesters Cottage gefolgt waren, lag sofort eine düstere Stimmung in der Luft, und ich fürchtete, Dad würde vor Wut an die Decke gehen. Doch er beherrschte sich, während ich dachte, dass ich ihm gleich noch etwas viel Schlimmeres beichten musste.

All die guten Neuigkeiten darüber, dass meine Erinnerung blitzartig zurückgekehrt war und dass auch meine Superkräfte ein rauschendes Comeback feierten, wurden komplett von der absolut entsetzlichen Neuigkeit überschattet, dass Tallulah nun unter einem Zauber stand, der ihr Gedächtnis auslöschen würde.

»Das arme, arme Mädchen«, sagte Mum, als ich fertig erzählt hatte. Mum hatte Tallulah nie besonders leiden können. Das fing schon damit an, dass sie glaubte, Tallulah würde sich zu sehr für Halbvampire und Vampire interessieren und mich damit in Schwierigkeiten bringen. Aber jetzt war Mum völlig entsetzt und schockiert, genau wie Dad. Das ließ alles andere verblassen, und sie vergaßen komplett, mich anzumeckern.

»Man kann diesen Zauber doch aufheben, oder?« Hoffnungsvoll sah ich sie an.

»Ich wüsste nicht, wie.« Mums Stimme war kaum mehr als ein Flüstern.

»Aber ich habe Tallulah gesagt, dass ihr es könntet. Wie ist es mit dem Talisman? Der wird sie doch beschützen. Er ist nämlich unglaublich mächtig.«

»Ich bezweifle, dass er sie vor einem Zauber beschützen kann.« Mum wandte sich Dad zu, der tief in Gedanken versunken mitten in der Küche stand. »Was meinst du?«

Dad antwortete nicht gleich. Sein Gesicht war so reglos, nachdenklich und tieftraurig, dass ich es mit der Angst zu tun bekam. »Deine Mum und ich sind hier etwas überfordert«, sagte er schließlich langsam. »Aber wir hatten uns tatsächlich mit einigen Halbvampiren beraten wegen« – er senkte die Stimme – »der Folgen deines Unfalls –«

»Ich wusste es«, rief ich dazwischen. »Ich wusste, dass ihr nur so getan habt, als ob ihr total locker mit der Sache umgehen würdet.«

Dad seufzte und räumte dann ein: »Wir haben von Anfang an befürchtet, dass dein Unfall absichtlich herbeigeführt worden war.«

»Von tödlichen Vampiren arrangiert«, ergänzte ich.

Dad nickte. »Aber wir wollten dich nicht beunruhigen.«

»Und dann kam Jean Paul uns besuchen«, sagte Mum. »Kannst du dich jetzt an ihn erinnern?«

»Natürlich«, sagte ich. »Er war in meiner Klasse in Paris, und eines Tages tauchte er auf und verkaufte Blumen, stimmt's? Da habe ich ihn bloß nicht erkannt.«

»Er hat verzweifelt alles versucht, damit dein Gedächtnis zurückkehrt. Eines Nachts meinten wir sogar, ihn vor deinem Fenster stehen zu sehen, wo er mit den Fingern in der Luft herumwedelte, als wollte er einen Zauber beschwören«, sagte Mum.

»Aber warum hat er mich nicht einfach besucht und mit mir gesprochen?«, fragte ich.

»Weil wir es ihm verboten haben«, sagte Mum.

»Ihr habt es ihm verboten?« Ich war perplex.

Dad führte aus: »Er hat uns erzählt, dass er dich dringend sehen müsste, weil Mrs Lenchester zurückgekehrt war und etwas Großes plante. Er brauchte deine Hilfe, um sie aufzuhalten. Wir haben ihm gesagt, dass das unmöglich ist, solange dein

Gedächtnis nicht zurückgekehrt ist. Wir hegten eine winzige Hoffnung, dass es von allein passieren würde. Dann verschwand Jean Paul. Wir vermuten, dass er aufgegeben hat und nach Frankreich zurückgefahren ist. Aber als dann immer mehr Zeit verstrich ...«

»Da wurde euch klar, dass ich womöglich unter einem Zauberbann stand«, sagte ich.

»Ja«, presste Dad widerstrebend hervor. »Darum haben wir deinen Fall mit Experten besprochen. Morgen wollten sie dich anschauen. Nun werde ich sie um Hilfe bei diesem neuen Problem bitten.« An Mum gewandt, sagte er: »Lass hier alles so normal wie möglich weiterlaufen, während ich mich darum kümmere.«

Dad marschierte am Küchentisch vorbei, auf dem die Pläne für die neue Küche lagen – für die sich jetzt niemand mehr interessierte –, während Mum das Essen vorzubereiten begann. Sie rief Tallulah und Gracie herein und quatschte mit ihnen über alles Mögliche, nur nicht über das, was heute passiert war.

Mum schaltete auch jedes Radio und jeden Fernseher im Haus an. So laut war es bei uns noch nie gewesen. Und sie ermutigte uns sogar, ein paar Computerspiele zu spielen. Ich wusste, dass sie uns dazu bringen wollte, dass wir uns ablenkten, und es funktionierte mehr oder weniger.

Dad blieb eine gefühlte Ewigkeit weg. Als er zurückkam, führten er und Mum ein kurzes Gespräch im Flüsterton. Danach luden sie Tallulah ein, über Nacht zu bleiben.

»In unserem Gästezimmer ist reichlich Platz für euch zwei Mädchen«, sagte Mum.

Tallulah war sofort einverstanden. Danach riefen sie und Mum

Tallulahs Eltern an. Zunächst waren sie mehr als ein bisschen überrascht. Aber Mum sagte, dass auch Gracie hier übernachtete und dass sie und Tallulah eine Menge Spaß hätten. Schließlich meinten ihre Eltern, dass es sie freute, wenn Tallulah neue Freunde fand, und dass es von meinen Eltern sehr nett sei, sie einzuladen.

So beiläufig wie möglich sagte Dad zu uns, dass wir uns heute Abend am besten entspannen sollten und dass wir uns morgen gemeinsam mit dem auseinandersetzen würden, was uns erwartete.

Tallulah sah niedergeschlagen aus, sagte aber nichts. Sie wirkte wie in Gedanken verloren. Was ihr wohl durch den Kopf ging?

An Tallulahs Stelle würde ich mich fragen, warum ich allein zu Mrs Lenchesters Cottage gegangen war. Wenn ich es doch nur nicht getan hätte! Das würde ich mich wieder und wieder fragen, bis mir der Kopf wehtat.

Ging es Tallulah gerade so? Oder dachte sie an ihre Fähigkeiten, von denen sie bis jetzt nichts gewusst hatte, und an den magischen Talisman? Und daran, dass sie ihre magischen Talente nie wieder würde nutzen können, wenn ihre Erinnerungen verschwanden?

Es entstand eine lange Stille, in der niemand wusste, was er sagen sollte, bis Mum und Dad wieder ganz quirlig wurden. Dad begann uns ohne ersichtlichen Grund zu erzählen, dass er als Teenager auf eine Bartparty gegangen war, für die jeder, auch die Mädchen, sich Bärte ankleben musste. Die Bärte fühlten sich heiß an und kitzelten und fielen ständig in die Getränke. Wir fragten ihn über diese bekloppte Party aus, selbst Tallulah interessierte sich dafür und lachte mit.

Und so begannen wir ein Spiel zu spielen, das hieß: »Tun wir doch einfach so, als sei alles ganz normal.«

23.30 UHR

Und das spielten wir am Ende ganze drei Stunden lang.

Wir sahen uns drei komplette Folgen einer Doku-Soap an über Jungs und Mädchen, die sich auf den Abschlussball vorbereiteten. So etwas hätten meine Eltern sich sonst nie angetan, sie verabscheuen Doku-Soaps.

Tallulah meinte, sie fände es grässlich, zu einem Abschlussball gehen zu müssen. »Das ist öde ohne Ende.« Doch Gracie meinte, so etwas würde ihr Spaß machen, und es wäre eine schöne Abwechslung zum Alltag, mal etwas Besonderes zu unternehmen.

Ich bin sicher, dass weder Gracie noch Tallulah zum Thema Abschlussball so eine deutliche Meinung hatten, wie sie taten. Sie versuchten nur zu verhindern, dass plötzlich wieder so ein furchterregendes Schweigen eintrat.

Schließlich verkündete Gracie, sie sei todmüde (sie sah wirklich völlig zerschlagen aus). Also ging sie mit Mum das Gästezimmer herrichten. Auch Dad ging, um noch ein paar Anrufe zu erledigen. Zum ersten Mal seit meiner Heimkehr war ich mit Tallulah allein.

Ich schaute sie an, wie sie mir da gegenübersaß, und meinte: »An deiner Stelle wäre ich jetzt total mies drauf.«

»Oh, ich bin immer total mies drauf.«

»Daran erinnere ich mich.« Ich grinste kurz. »Tallulah –«

»Frag lieber nicht, wie ich mich fühle.« Sie hob das Kinn, während sie redete.

»Wie beleidigend. Als ob ich dir so eine banale Frage stellen würde. Nein, ich wollte sagen, dass mir dein Stil gefällt.«

Sofort sträubte Tallulah sich ein wenig. Sie hat sich noch nie leicht damit getan, Komplimente anzunehmen – selbst jetzt. Eilig fuhr ich fort: »Ich denke – ja, ich bin mir sogar sicher, dass es dir morgen gut gehen wird. Gewiss wird der Talisman dich beschützen. An dem kommt doch kein Zauber vorbei, was meinst du?«

»Hoffentlich nicht«, murmelte sie schwach.

»Aber für den unwahrscheinlichen Fall, dass morgen etwas Seltsames und total Deprimierendes geschehen sollte« – ich hielt inne, denn ich wollte so vieles sagen, aber es war kaum möglich, es in Worte zu fassen, besonders, da Tallulah mich die ganze Zeit stirnrunzelnd ansah –, »also, du sollst wissen, dass ich dich nie enttäuschen werde.«

»Das würde ich dir auch nicht raten.« Zum ersten Mal an diesem Abend zitterte ihre Stimme.

»Und falls es zum Schlimmsten kommt, was nicht passieren wird«, versicherte ich hastig, »werde ich dir Geschichten über all die verrückten Sachen erzählen, die du schon erlebt hast.«

»Ich werde doch immer noch irgendwie ich sein, oder?«

Tallulah sah mir jetzt direkt in die Augen.

»Natürlich wirst du das«, versicherte ich mit so lauter Stimme, dass ich fast schrie, warum auch immer. »Mich wirst du niemals los, egal was passiert. Ich werde für dich da sein und gemeinsam werden wir für neue tolle Erinnerungen sorgen.«

Tallulah schien noch etwas sagen zu wollen, aber dann sah sie weg und meinte nur: »Weißt du was, ich bin auch todmüde.«

»Kommt wohl daher, dass du mit mir geredet hast.«

»Wahrscheinlich.« Sie erhob sich. »Also, dann bis morgen, Markus.«

»Ja, bis morgen, Tallulah.« Als sie schon fast aus dem Zimmer war, fügte ich noch hinzu: »Ach, was ich dir schon die ganze Zeit sagen wollte, deine Stiefel finde ich echt schick.«

Tallulah drehte sich kurz um. »Du wirst es nicht glauben, die hat mir meine kleine Schwester geschenkt.«

»Pass aber auf, wo du sie trägst, sonst verursachst du noch einen Verkehrsunfall.«

Tallulah lachte. Selbst in dieser angespannten Lage fühlte ich mich besser, wenn sie über einen meiner Witze lachte. Dann war sie fort.

23.50 UHR

Nachdem ich ein paar Minuten alleine herumgesessen hatte, kam Mum zurück. Sie suchte den Block, den sie neulich gekauft hatte, weil Tallulah etwas zum Schreiben wollte. »Ich vermute, dass sie ihrer Familie eine Nachricht schreiben möchte«, sagte Mum, »nur für den Fall ...«

Ihre Stimme brach ab.

00.05 UHR

Ich wollte nach oben gehen, um heute Nacht noch ein letztes Mal mit Tallulah zu reden, aber Mum hielt mich auf. Sie sagte, dass beide Mädchen schon schliefen – was mich wirklich überraschte – und dass ich sie auf keinen Fall stören sollte.

00.50 UHR

Ich sitze immer noch mit meinen Eltern unten im Wohnzimmer. Der Fernseher läuft weiter, wenn auch leise gestellt, damit er Gracie und Tallulah nicht stört. Dieser unglaublich lange Abend ist für uns alle eine Qual. Wir wussten, dass es keinen Sinn hatte, ins Bett zu gehen, da wir ohnehin nicht schlafen konnten, und Halbvampire bleiben sowieso länger auf als Menschen. Doch es war nicht leicht, ein Gespräch in Gang zu halten. Wir redeten darüber, wieso meine Superkräfte so plötzlich zurückgekehrt waren.

»Sie brauchten womöglich einen Katalysator«, überlegte Dad.

»Weißt du, was ein Katalysator ist?«, fragte mich Mum.

»Ja klar, das ist ... nun, ein Katalysator sorgt dafür, dass Sachen schneller miteinander reagieren.«

»Stimmt«, sagte Mum. »Und wir denken, dass entweder Gracie – die früher einige deiner telepathischen Botschaften aufgefangen hat – oder Tallulah dein Katalysator sein könnte, natürlich ohne es zu wissen.«

»Eine der beiden gibt dir damit ein machtvolles Geschenk«, ergänzte Dad.

»Wow, wow, wow«, sagte ich. »Aber welche von beiden ist es?«

Dann fiel mir etwas ein. »Als ich bei Mrs Lenchester das erste Mal versuchte, meine Superkräfte einzusetzen, ist nichts passiert. Aber da war mein Gedächtnis noch nicht vollständig zurückgekehrt.«

»Genau«, sagte Mum. »Du warst nicht bereit. Du –«

»Aber später«, unterbrach ich sie aufgeregt, »hat Tallulah mich kurz am Arm berührt. Es war nur ein Augenblick, aber danach habe ich mich sofort stärker und irgendwie größer gefühlt. Mit einem Mal waren alle meine Superkräfte wieder da. Sie ist diejenige, ganz bestimmt. Tallulah ist mein Katalysator.«

»An sie hätten wir vorher gar nicht gedacht«, antwortete Mum langsam. »Aber Mrs Lenchester hat ihr den Talisman nur aus einem Grund gegeben. Sie hat erkannt, dass in Tallulahs Adern ganz besonderes, magisches Blut fließt.«

»Das kommt bei Menschen äußerst selten vor«, sagte Dad.

»Das bedeutet also, dass meine Superkräfte viel eher in Erscheinung treten, wenn ich in Tallulahs Nähe bin?«, sagte ich.

»Haargenau«, bestätigte Mum.

»Und wenn ich Tallulah nach Paris mitgenommen hätte, dann wären meine Superkräfte dort auch abrufbar gewesen?«

»Du hättest Tallulah natürlich niemals nach Paris zu einem Kurs für« – Mum senkte die Stimme – »Halbvampire mitnehmen können. Jedoch denke ich«, fügte sie überraschend hinzu, »dass wir Tallulah mehr vertrauen könnten als den meisten anderen Menschen.«

Ich kann dir sagen, das war ein gewaltiges Eingeständnis von Mum. Aber ich hatte schon bemerkt, dass sich die Einstellung meiner Eltern zu Tallulah an diesem Abend krass verändert hatte. Und das kam nicht nur daher, dass sie Vampirblut hatte. Sie waren mächtig davon beeindruckt gewesen, wie sie sich gehalten hatte, trotz des wirklich entsetzlichen Schicksals, das über ihr – über uns allen – hing wie ein schwerer Nebel.

2.15 UHR

Ich bin jetzt im Bett mit einer Tasse heißer Schokolade, damit ich einschlafen kann (es ist schon meine dritte), und Mum sagte, dass ich die Mädchen auf keinen Fall stören sollte. »Das würde die Nacht für Tallulah nur schlimmer machen.«

Ich hatte nicht vor, die Mädchen zu stören. Ich stand nur vor ihrer Tür und lauschte. Ich konnte rhythmisches Atmen hören, so als würde jemand schlafen. Aber für den Fall, dass nur Gracie schlief, wisperte ich zweimal: »Hey, Tallulah.« Keine Antwort. Hoffentlich schlief sie auch. Das hoffte ich wirklich. Vielleicht wollte sie auch nur mit niemandem sprechen.

Falls es so war, konnte ich es ihr nicht übel nehmen. Ich meine, aufzuwachen und festzustellen, dass man sämtliche Erinnerungen verloren hat, das war, als wäre man ständig weit, weit weg von seinem Zuhause und seinen Freunden. Für mich war es schon schlimm genug gewesen, sechs Monate zu verlieren, aber das, was ihr drohte, war viel schlimmer. Mir blieb nur die innige Hoffnung, dass es Tallulah irgendwie erspart bleiben würde.

Ich schätze, ich hoffte wirklich auf ein Wunder.

5.30 UHR

Ich hätte nicht gedacht, dass ich in dieser Nacht ein Auge zutun würde, doch ich musste eingeschlafen sein, denn ich wachte auf, als ich Schritte auf dem Treppenabsatz hörte. Ich schoss aus dem Bett.

Es war Dad. Er sagte, er würde zu den Cottages von Mrs Lenchester und Andy gehen, um sicherzustellen, dass die beiden wirklich fort waren (einer der Experten unter den Halbvampiren hatte ihn darum gebeten) und um ein letztes Mal nach dem Spielzeughund zu suchen. Ich fragte ihn, ob ich mitkommen könne. Wir gehen jetzt.

6.30 UHR

Dad fuhr schnell zu den Cottages, die wie alles um diese Zeit in tiefem Schlummer dazuliegen schienen. Auf den Pflanzen in beiden Gärten glitzerte der Morgentau.

Doch selbst jetzt in der friedlichen Stille wirkten die Häuser bedrohlich. »Ich gehe zuerst rein«, sagte Dad und straffte die Schultern.

Ich folgte ihm in Andys Cottage. Dad fand es am wahrscheinlichsten, dass der Hund hier sein würde. Die Tür stand ein Stück offen. Würde Andy sich plötzlich wieder materialisieren? Argwöhnisch schlichen wir durchs Haus. Ich fragte mich außerdem, ob Dad und ich hier entdeckt werden könnten. Würde man uns dann für Einbrecher halten? Doch das war im Moment unsere geringste Sorge.

Wir fanden jedenfalls nichts. Und Andy tauchte ebenfalls nicht auf. Also gingen wir zu Mrs Lenchesters Haus rüber, wo die Tür zugezogen, aber nicht abgeschlossen war. Wir wagten kaum zu hoffen, den Hund hier zu finden. Schließlich hatten Tallulah, Gracie und ich ihn gestern gründlich gesucht. Es roch hier drin viel unangenehmer. Ich musste dabei an faulige Algen denken.

In der Küche riss Dad die Schränke auf und schlug sie wieder zu, während ich ziellos durchs Wohnzimmer streifte, als mein Schuh an etwas hängen blieb, so etwas wie ein hervorstehender Nagel. Gedankenverloren bückte ich mich, hob das Ding auf und wollte es gerade wieder wegwerfen, als ich innehielt.

»Nein, das kann doch nicht wahr sein …«, raunte ich.

27. KAPITEL

DIESEN BRIEF HÄTTE ICH NIE ZU GESICHT BEKOMMEN SOLLEN

Ich starrte das Ding an. Ein paar Sekunden lang konnte ich mich nicht rühren, weil mein Herz wie verrückt hämmerte. Dann lief ich mit Riesenschritten zu Dad rüber. »Hey ...«

»Nicht so laut«, fing er an, dann sah er, wie aufgeregt ich war.

»Schau mal!« Ich schrie immer noch, denn ich konnte nicht anders. Niemals zuvor muss die Entdeckung eines kleinen Stücks vom Schwanz eines Spielzeughunds so eine Aufregung verursacht haben.

Dad nahm es mir aus der Hand, während ich immer weiterplapperte. »Tallulah hat gesagt, sie dachte, sie hätte den Hund zerbrochen. Und das hat sie. Das abgebrochene Stück ist bloß so klein, dass niemand es bemerkt hat. Aber das reicht doch, um den Zauber zu brechen, oder?«

Dad antwortete nicht sofort, sondern starrte nur die Porzellanscherbe an. »Oh ja, das reicht«, sagte er schließlich. »Aber bist du sicher, dass es von ...?«

»Nahezu todsicher«, sagte ich. »Die zwei anderen Hunde sind in zwei Stücke zerbrochen. Nein, das muss der sein, den Tallulah bekommen hatte.« Dad reichte mir das winzige Stück so vorsichtig zurück, als wäre es so wertvoll wie pures Gold.

In Wirklichkeit war es noch viel, viel wertvoller.

7.20 UHR

Als wir heimkamen, waren Mum und Gracie in der Küche, Mum in ihrem Morgenmantel und Gracie komplett angezogen.

Ich schwebte förmlich hinein und ließ verlauten: »Weidet euch an diesem Augenschmaus.« Dabei hielt ich die Scherbe vom Schwanz des Spielzeughunds hoch. Mehr brauchte ich nicht zu sagen. Mum und Gracie verstanden sofort, was ich meinte.

»Oh, Markus, super gemacht!«, kreischte Gracie, während Mum in ungläubigem Staunen den Kopf schüttelte. Wir strahlten uns alle an.

Dann fiel Dad ein, dass er die Experten anrufen sollte, die auf Abruf bereitstanden und die er nun nicht mehr brauchen würde – was er nur zu gerne tat.

Nachdem er und Mum rausgegangen waren, fragte ich Gracie, ob Tallulah schon wach war.

»Als ich mich rausgeschlichen habe, schlief sie noch.«

»Na, dann gehe ich sie doch gleich mal mit den großartigen Neuigkeiten wecken«, sagte ich.

»Warte kurz.« Gracie sprach hastig. »Ich wollte auf keinen Fall gehen, bevor ich Bescheid wusste, aber jetzt kann ich mich getrost auf den Weg machen. Das ist wirklich toll.«

Ich starrte sie an. »Was, du willst jetzt schon gehen?«

»Ja.«

»Aber warum denn so früh?«

»Ich habe dir doch erzählt, dass ich eine kleine Rolle in einem Schultheaterstück bekommen habe. Gestern Abend war ich so müde, dass ich Whatsapp nicht gecheckt habe. Das habe ich vorhin nachgeholt, und es sind ganz viele Nachrichten, in denen steht, dass die Hauptdarstellerin ausgefallen ist – ich weiß nicht mal, warum – und dass ich zu einer eilig anberaumten Probe erscheinen soll, weil sie denken, dass ich die Rolle als Zweitbesetzung übernehmen kann.«

»Na klar kannst du das. Sie hätten dir die Hauptrolle von vornherein geben sollen.«

Sie lächelte. »Danke, Markus. Das wird eine Menge Arbeit, aber ich kann es kaum erwarten.«

»Reserviere mir eine Karte für die Premiere.«

»Natürlich.«

»In der ersten Reihe.«

»Wo sonst?« Sie zögerte. »Das Dumme ist nur, dass ich so beschäftigt sein werde, dass wir uns wahrscheinlich eine Weile kaum sehen können.« Sie beugte sich vor und küsste mich zart auf die Stirn, als würde sie mit mir Schluss machen. »Pass auf dich auf, Markus.«

»Auf mich aufpassen? Also, das klingt nicht gut.«

Sie lächelte nur und sagte: »Jetzt geh und schau nach Tallulah.« Bevor ich noch etwas erwidern konnte, wandte sie sich ab und rief ihre Mum an.

Ich zögerte kurz, dann stürmte ich die Treppe hoch zu dem Zimmer, in dem Tallulah schlief. Erstaunlicherweise war sie noch nicht aufgewacht. »He, wach auf«, flüsterte ich. »Ich habe die besten Neuigkeiten seit Langem.«

Sie bewegte sich immer noch nicht. Da bemerkte ich auf dem Nachttisch den Block, den Mum ihr gegeben hatte. Er war seitenweise vollgeschrieben. Es schien, als hätte Tallulah alles festgehalten, was ihr seit der Rückkehr aus dem Sanatorium passiert war. Oben auf dem Block war ein Brief befestigt, der mit den Worten begann: *Lieber Markus.*

Ich nahm ihn auf und las:

Wenn du das liest, dann kann es nur eines bedeuten: Der schlimmste Fall ist eingetreten. Alles, was ich sagen wollte, steht auf diesem Block, außer ... nun, da ich nie wieder eine Chance bekomme, es dir zu sagen, tue ich es jetzt. Ich halte dich für den besten Menschen der Welt. Da es nur vier Menschen gibt, die ich überhaupt mag, ist das kein besonders tolles Kompliment. Aber wenn du jemals jemandem erzählst, dass ich das geschrieben habe, bringe ich dich um, das verspreche ich dir ...

»He, was tust du denn da?«, fuhr mich eine höchst entrüstete Stimme vom Bett her an. Tallulah saß kerzengerade auf dem Bett und blinzelte mich verschlafen an.

»Ich lese nur, was du mir –«

»Dazu hast du überhaupt kein Recht.« Sie schoss vor und riss mir den Block aus der Hand. »Das ist ganz persönlich.«

»Warum steht dann da ›für Markus‹?«

Sie schielte auf das Geschriebene runter. »Trotzdem hättest du mich zuerst fragen müssen.«

»Hör mal, ich wecke dich doch nicht auf, nur um dich zu fragen, ob ich einen Brief lesen kann, der direkt an mich gerichtet ist«, sagte ich.

»Das weiß ich selber, ich erinnere mich ja daran, wie ich ihn geschrieben habe.« Plötzlich unterbrach sie sich und sah mich an. »*Ich erinnere mich.* Aber ... wie ist das möglich?« Sie konnte es nicht fassen.

»Um dir das zu sagen, bin ich ja so schnell zu dir gekommen, aber du musstest mir erst noch den Kopf abreißen.« Ich grinste sie an. »Dad und ich haben uns die Cottages noch mal angeschaut und haben dabei – oder vielmehr ich habe dabei – das hier entdeckt.« Ich hielt das winzige Stück des Porzellanhunds hoch. »Du hast ihn nämlich tatsächlich zerbrochen und damit den Zauber aufgehoben. Andy hätte sich die Mühe sparen können, den Rest davon zu verstecken.«

Tallulah starrte mich mit offenem Mund an. Sie brauchte mehrere Anläufe, bevor sie etwas sagen konnte. Schließlich meinte sie leise und ungläubig: »Markus, wir haben gewonnen.« Dann umarmten wir uns fest, bis Tallulah sich plötzlich von mir löste und verkündete: »Okay, ich muss jetzt aufstehen.«

»Nein, musst du nicht. Du hast gerade etwas ziemlich Erschütterndes –«

»Aber deswegen möchte ich nicht herumliegen und darüber nachgrübeln. Ich wette, du und dein Dad seid nicht auf die Idee gekommen, im Schuppen von Mrs Lenchester nachzusehen, oder?«

»Wir waren ziemlich beschäftigt.«

»Ich mache euch ja auch keine Vorwürfe. Ich will nur sagen,

dass wir unbedingt sicherstellen müssen, dass keiner dieser Hunde mit schwarz angemalten Augen noch einmal von anderen tödlichen Vampiren benutzt werden kann. Wir müssen außerdem sicherstellen, dass Andy wirklich fort ist. Ich habe da so meine Zweifel. Und wir müssen schauen, ob Rufus immer noch dort herumhängt. Danach sollten wir unbedingt zu Herbert Cheshire gehen. Ich finde, er muss wissen, was in seinem Laden los war, und danach –«

»Stopp, das reicht.«

Sie grinste mich an. »Bis der Tag rum ist, habe ich dich wahrscheinlich in den Wahnsinn getrieben.«

»Durchaus möglich«, stimmte ich ihr zu. »Ich kann es kaum erwarten.«

EIN PAAR SACHEN, DIE IHR ÜBER PETE JOHNSON VIELLEICHT NOCH NICHT WISST:

Als er ein Kind war, war Petes Lieblingsbuch *101 Dalmatiner*. Pete hat an die Autorin Dodie Smith geschrieben. Sie war der erste Mensch, der Pete ermutigt hat, Autor zu werden.

Als Pete einmal in ein Fernsehstudio ging, um über seine Bücher zu reden, wurde er für einen Schauspieler gehalten und in ein Casting geschickt. Außerdem hat die Moderatorin Sarah Greene Pete mal mit ihrem Bruder verwechselt.

Als Pete jünger war, neigte er zum Schlafwandeln. Einmal ist er aufgewacht und fand sich im Schlafanzug auf einer stark befahrenen Straße wieder.

Von seinen eigenen Büchern mag Pete am liebsten: *The Ghost Dog* (nicht auf Deutsch erschienen), *Wie man seine Eltern erzieht* und *Wie man seine Lehrer erzieht*. Seine Lieblingsfiguren sind Miranda aus *Wie man im Chaos überlebt* und Harvey aus *Wie man seine Lehrer erzieht*. Er liest selbst am liebsten Thriller und witzige Bücher.

Pete fängt gern um acht Uhr morgens mit dem Schreiben an. Er liest alle Dialoge laut vor, um zu überprüfen, ob sie natürlich klingen. Wenn er beim Schreiben nicht weiterweiß, macht er einen Spaziergang mit seiner verrückten Hündin Tilly.

Er hat immer ein Notizbuch bei sich. »Die besten Ideen kommen dann, wenn man sie am wenigsten erwartet.«

Einzigartig und besonders – so wie deine Freunde und du

Dieses Buch ist, was IHR daraus macht. Denn hier heißt es: kritzeln, malen, kleben und pinseln ... Der Fantasie sind keine Grenzen gesetzt und deine Freunde können sich mit ihren coolsten Ideen darin verewigen. Eine einzigartige Erinnerung an deine Schulzeit!

Ein kreatives Freundealbum, das einfach Spaß macht!

mit viel Liebe gemacht

arsEdition
... bringt Freude

HILFE!

Auch das noch!
Luis muss mit seiner Familie umziehen und an seiner neuen Schule gibt es nur Streber. Außerdem sind alle Lehrer humorlos und langweilig. Keiner versteht Luis' wahnsinnig lustigen Witze und seine Karriere als Comedy-Star kann er hier wohl knicken. Zu allem Überfluss benehmen sich seine Eltern plötzlich äußerst merkwürdig und verlangen von ihm mehr schulisches Engagement ...
Wie soll Luis da noch die Zeit finden, um endlich berühmt zu werden?

mit viel Liebe gemacht

arsEdition
... bringt Freude